THE QUEEN OF CRIME
繁體中文版
20週年
紀念珍藏

危機四伏

著——阿嘉莎・克莉絲蒂
譯——簡慶閎

Peril at End House

Agatha Christie

通俗是一種功力

吳念真（導演、作家）

通俗是一種功力。絕對自覺的通俗更是一種絕對的功力。

這樣的話從我這種俗氣的人的嘴巴說出來，大概很多人要笑破褲底了。不過，笑完之後請容我稍稍申訴。這申訴說得或許會比較長一點，以及，通俗一點。

小時候身材很爛，各種遊戲競爭完全任人宰割，唯一隱遁逃避的方法是躲起來看書或聽大人瞎掰。那年頭窮鄉僻壤的小孩能看的書不多，小學二年級時最喜歡的是超大本的《文壇》，老師借的。看著看著，某天老師發現我的造句竟出現：「捧著：朝陽捧著一臉笑顏為群山剪綵」這樣亂七八糟的文字，就拒絕再讓我看那些超齡的東西了。

老師的書不給看，我開始抓大人的書看。一種是厚得跟磚塊一樣的日文書，對我來說那完全是天書，但插圖好看，經常有限制級的素描。另一種書是比較薄的，通常藏得很嚴密，只是裡面有太多專有名詞、重複的單字和毫無限制的標點，比如「啊啊啊」、「……！！！」

老讓我百思不解。有一天，充滿求知欲地詢問大人竟然換來一巴掌後，那種閱讀的機會和樂趣也隨著消失了。

所幸這些閱讀的失落感，很快從大人的龍門陣中重新得到養分。講到這裡，我似乎先得跟一個村中長輩游條春先生致敬，並願他在天之靈安息。

我所成長的礦區，幾乎全是為著黃金而從四面八方擁至的冒險型人物，每人幾乎都有一段異於常人的傳奇故事。這些故事當事人說來未必精采，但一透過游條春先生的嘴巴重現，有時連當事人都聽得忘我，甚至涕泗縱橫，彷彿聽的是別人的故事。

條春伯沒當過日本兵，可是他可以綜合一堆台籍日本兵的遭遇，一如連續劇般從入伍、受訓、逃亡荒島，面對同鄉同袍的死亡，並取下他們的骨骸寄望帶回故鄉，乃至骨骸過多搞不清哪是誰的等等，讓聽的人完全隨他的敘述或悲或笑，彷彿跟他一起打了一場太平洋戰爭。此外他也可以把新聞事件說得讓一個三、四年級的小孩，到現在仍記得當時腦中被觸動的畫面。例如當年瑠公圳分屍案的凶手做案之後帶著小孩到安東街吃麵（這讓我一直以為台北的安東街是條專門賣麵的街道），還有甘迺迪總統被暗殺、賈桂琳抱住她先生、安全人員跳上飛快的車子保護賈桂琳……當然，這記憶全來自條春伯的嘴巴而不是報紙。我的記憶全是畫面，有畫面，是因為條春伯說得精采，說得有如親臨他至死都還搞不清地理位置的達拉斯命案現場。

於是這小孩長大後無條件地相信：通俗是一種功力，絕對自覺的通俗更是一種絕對的功力。透過那樣自覺的通俗傳播，即使連大字都不識一個的人，都能得到和高階閱讀者一樣的感動、快樂、共鳴，和所謂的知識、文化自然順暢的接軌。也許就是因為這些活生生的例子，俗氣的自己始終相信：講理念容易講故事難，講人人皆懂、皆能入迷的故事更難，而能隨時把這樣的故事講個不停的人，絕對值得立碑立傳。

條春伯嚴格地說是有自覺的轉述者，至於創作者，我的心目中有兩個。一個是日本導演山田洋次，一個是推理小說家阿嘉莎．克莉絲蒂。

山田洋次創造了寅次郎這個集合所有男人優點跟缺點的角色，在以《男人真命苦》為名的系列下，總共完成百部左右的電影。它們的敘述風格、開頭、結尾的方法不變，唯一改變的是故事，是時代，是遍歷日本小鄉小鎮的場景。數十年來，看《男人真命苦》幾已成為日本人每年的一種儀式，一如新春的神社參拜。

數十年前訪問過山田導演，他說，當他發現電影已然有它被期待的性格時，電影已經不是導演自己的。他說：當所有人都感動於美人魚的歌聲時，你願意為了讓她擁有跟你一樣的腳，而讓她失去人間少有的嗓音嗎？

人間少有的嗓音與動人的歌聲，都來自山田導演絕對自覺的通俗創造。

再如阿嘉莎．克莉絲蒂，如果我們光拿出她說過的故事和聽過她故事的人口數字，就足以嚇死你。五十多年的寫作生涯，她總共寫出六十六本長篇推理小說，外加一百多篇短篇小說和劇本。其中有二十六本推理小說被改編，拍了四十多部電影和電視劇集。作品被翻譯成一百零三種文字的版本，銷量超過二十億本。

夠了。你還想知道什麼？知道二十億本的意義是什麼嗎？二十億本的意義是全世界平均三個人就有一個人讀過她的書，聽過她說的故事。

說來巧合，她和山田洋次一樣，創造出個性鮮明的固定主角（當然，前前後後她弄出來好幾個），然後由他（或是她）帶引我們走進一個犯罪現場，追尋真正的罪犯。

故事就這樣？沒錯，應該說這是通常的架構。那你要我看什麼？不急，真的不急，克莉絲蒂會慢慢冒出一堆足夠讓你疑惑、驚嚇、意外，甚至滿足你的想像力、考驗你的耐心和智商的事件來。

推理小說不都是這樣嗎？你說得沒錯，大部分是這樣，不一樣的是……對了，她像條春伯，像山田洋次，她真會說，而且她用文字說。

文字的敘述可以讓全世界幾代的人「聽」得過癮、「聽」個不停，除了聖經，也許就是克莉絲蒂。她不是神，但她真的夠神。

數十年前，台灣剛剛出現她的推理系列中譯本，那時是我結婚前，常有同齡的文藝青年來我租住的地方借宿，瞄到我在看克莉絲蒂，表情詭異地說：「啊？你在看三毛促銷的這個喔？」

我只記得他抓了一本進廁所，清晨四點多，他敲開我的房門說：「幹，我實在很討厭那個白羅……再拿一本來看看，我跟你說真的，要不是你的書，我真的很想把那個矮儸壓到馬桶吃屎！」

我知道他毀了，愛吃又假客氣，撐著尊嚴騙自己。克莉絲蒂再度優雅地撕破一個高貴的知識份子的假面具，她的手法簡單，那手法叫通俗，絕對自覺的通俗，無以倫比、無法招架的功力。

昔日的文藝青年如今跟我一樣，已然老去，但不時還會看到他寫一些充滿理念和使命感極重的文章，在報紙和雜誌上出現。我知道他要說什麼，只是常常疑惑他想跟誰說；同樣，我記得他說過什麼，但轉眼間忘記他說了什麼。但請原諒我，幾十年前那個晚上，他在我家看完的那兩本克莉絲蒂的小說內容，我可還記得清清楚楚。

也許有一天再遇到他的時候，我會問他之後是否還看過克莉絲蒂其他的書，如果沒有，我會跟他說，想讀要趁早，因為你會老、會來不及。至於白羅那個矮儸，大概永遠不會消失。哦，對了，還有一個叫瑪波，你說不定會來不及認識……

老派偵探之必要

冬陽（推理評論人，台灣推理作家協會理事長）

「讀者非常喜歡白羅這個人物，表示『那個開朗的小個子，過氣的比利時名偵探』。顯然白羅是這本小說受歡迎的一個原因，雖然白羅可能不贊同用『過氣』二字來形容他。」知名編輯兼作家經紀人約翰・柯倫（John Curran）在《阿嘉莎・克莉絲蒂的秘密筆記》一書如是說，文中提到的「這本小說」，正是克莉絲蒂初試啼聲、名偵探赫丘勒・白羅優雅登場的《史岱爾莊謀殺案》，一部於一個世紀前出版的偵探推理作品。

百年光陰的淬鍊顯然證明了白羅絕無過氣的疲態，連帶讓我聯想起電影《金牌特務》（*Kingsman*）上映後，大眾熱議西裝如何能帥氣俊挺歷久不衰——或許可以從這個切入角度，在這裡跟老書迷、新讀友探究這個蛋頭翹鬍子偵探（我沒有影射哪款洋芋片食品喔）的魅力所在。

且讓我們話說從頭。

「我敢打賭你寫不出好的推理小說。」一九一六年，阿嘉莎．米勒（克莉絲蒂婚前的舊姓）在媽媽的打字機上敲擊，打算回應姊姊梅姬這挑釁的話語。她努力嘗試，但故事寫得不好，於是改從身旁熟悉的事物著手——比方說毒藥。阿嘉莎在藥房工作過，曾在某個夜裡驚醒，匆匆回到調劑室重新配置，因為她不記得有沒有漏做一個重要步驟，否則病患就要去見閻王了——噢，這似乎是個謀殺好點子。

阿嘉莎還記得姨婆對她的叮嚀：要注意他人覬覦她珍藏的首飾，時時留意是不是有人偷偷拉長了耳朵聽她們的竊竊私語。小阿嘉莎不但執行得徹底，還把這個習慣寫進小說裡。同時她還注意到，因為世界大戰爆發，家鄉托基湧入許多比利時難民，不如讓一個逃難到英國的比利時退休警官擔任偵探？一定很有趣！

啊，偵探小說顧名思義，只要塑造出一個教人印象深刻的偵探，大概就成功一半。這個人物必須要有特色、有個性，甚至是怪癖，而且聰明又自負。好幾個名字浮現在她腦海裡：莫里斯．盧布朗（Maurice Leblanc）筆下的怪盜紳士亞森．羅蘋、卡斯頓．勒胡（Gaston Leroux）創造的新聞記者胡爾達必，當然還有那最最知名的夏洛克．福爾摩斯——連帶創造一個華生型的助手好了。該怎麼安排呢……

於是，一位偵探的樣貌漸漸成形：五呎四吋的小個兒，蛋型臉上蓄著保養得宜、梳理有型的鬍子，衣著一塵不染，漆皮鞋擦得錚亮。他有嚴重的潔癖，說話不時夾雜法語，喜歡成雙成對的東西，喜歡方的不喜歡圓的（雞蛋為什麼不是方的呢？），口頭禪是「動動灰色的腦細胞」。阿嘉莎心想，他應該要有個像福爾摩斯一樣響亮的名字，取名「赫丘勒斯」怎麼樣？希臘神話中的大力士。姓氏叫白羅，不過搭赫丘勒斯這個名字好像不配……改一下，赫丘勒．白羅好像不錯？就這麼定了吧！

白羅很聰明，懂得觀察入微沒錯，但這並不表示他就得是台獨尊腦袋、缺乏情感的冰冷思考機器，尤其要在人物關係錯綜複雜的莊園宅邸查案追凶，交際手腕得高明些才行。他不是在謀殺發生、屍體出現後才開始像頭獵犬四處嗅聞，而是憑藉旺盛的好奇心與強烈的同理心接觸各種人事物，進而探入被害者、犯罪者、各個看似無辜但多少都和事件沾上邊的關係者的心靈深處，佐以現今稱作鑑識、法醫等等科學鐵證（哎，證據人人知道，可是要怎麼跟真相合理地連結到一塊，這就是名偵探的功力啦），讓原本叫人束手無策的事件得以畫下完美句點。也因此，白羅偶爾能預測進而制止罪案的發生，甚至對殘酷但值得憐憫的罪行網開一面，這樣才合乎人性不是嗎？

婚後以阿嘉莎．克莉絲蒂為名，推出《史岱爾莊謀殺案》後深獲好評，相隔六年的《羅傑艾克洛命案》更是引發街談巷議，而克莉絲蒂全球暢銷前十大作品中，還包括《東方快車謀殺案》、《尼羅河謀殺案》、《ＡＢＣ謀殺案》、《藍色列車之謎》、《底牌》、《五隻小豬之歌》，合計八部皆由白羅擔綱演出。讀者不只喜愛這個聰明角色，還臣服於平實流暢的文筆及相對顯得衝突的複雜劇情，冷酷的謀殺動機隱藏在細膩的人際關係裡，穿透看似單純、帶點童話氣息的表象後，端賴名偵探明察秋毫、撥亂反正。尤其讓一個比利時人在英國土地上辦案，是克莉絲蒂的小心思，因為「英國人總是不信任外國人，也不相信睿智」（語出英國偵探俱樂部主席馬丁・愛德華茲〔Martin Edwards〕），讀者同兇手一樣輕忽不設防，卻也得到了參與鬥智競賽的意外驚奇和美好滿足。

這樣的閱讀感受，我稱之為「老派偵探之必要」，因為它純粹簡約，經得起反覆咀嚼，猶如前述的西裝革履，在潮流更迭的時間長河裡維持恆久的優雅風範——呼應吳念真先生寫在「策畫者的話」中的一段文字，那不是惺惺作態的高傲睥睨，而是「絕對自覺的通俗，無以倫比、無法招架的功力」所致。

不信？往下讀去就知道。而且我敢打賭，你有很高的比例會將整個白羅系列嗑完，然後是瑪波小姐系列以及其他系列，當然也不可能錯過像名列暢銷首位的《一個都不留》這類獨立之作……

註　克莉絲蒂推理全集一至三十八冊為「神探白羅系列」，三十九至五十二冊為「神探瑪波系列」，五十三至八十冊包含鬼豔先生、湯米與陶品絲、雷斯上校、巴鬥主任等名探故事。

獻詞

阿嘉莎・克莉絲蒂是世界讀者最眾，也最廣受喜愛的女作家。
身為克莉絲蒂的孫兒，我相信奶奶會非常樂見這次出版，
因為她極以自己作品中的趣味與娛樂為豪。
歡迎所有喜歡本系列的台灣新讀者參與這場饗宴！

——馬修・培察（Mathew Prichard）

01 皇家旅館

我覺得，英國南部再也沒有哪個濱海小鎮會像聖盧那麼令人流連忘返，因此，人們稱它為「水城皇后」真是再恰當不過了。到了這裡，遊客便會自然而然地想起里維拉[1]。在我的印象裡，康沃爾郡的海岸正像法國南方的海濱一樣迷人。

我把這個想法告訴我的朋友。他聽了以後說：「昨天餐車廂上的菜單就是這麼寫著，我的朋友，所以這並非你的創見。」

「難道你不同意？」

他出神地微笑著，沒有回答。我又問了一遍。

1 里維拉（Riviera），法國東南部及義大利西北部的海濱地區，瀕臨地中海，以風光旖旎著稱。

「哦，真是對不起，海斯汀，我想到別處去了。我在想你剛才提起的那個地方。」

「法國南方嗎？」

「是的，我在想去年冬天我就在那個地方，還有那個案子……」

我記起來了。去年冬天，法國南方的藍色列車上發生了一起謀殺案[2]。案情複雜神祕，但被白羅偵破了。他永遠是那麼審慎敏銳，而且永遠萬無一失。

「要是我當時和你在一起該有多好！」我深感惋惜。

「我也是這麼想，」白羅說，「要是你在，你的經驗一定會對我大有裨益。」

我斜眼打量著他，經驗告訴我，他的恭維是不可信的，雖然他顯得相當一本正經，不過他那一套我可是心裡有數。

「我懷念你那鮮活的想像力，海斯汀，」他沉思著往下說，「一個人總是需要找人解解悶。我的男僕，喬治，是個可敬的人，有時我想要跟他討論些問題，可是他連一點想像力也沒有。」

這段話簡直不著邊際。

「告訴我，白羅，」我說，「你難道不想重操舊業嗎？這種無所事事的生活……」

「對我非常合適，我的朋友。躺在海灘上曬曬太陽，還有什麼比這更悠閒舒適？在聲名如日中天時急流勇退，還有什麼比這更瀟灑可敬？當人們這樣提到我：『看呀，那就是赫丘勒・白羅——一個偉大、舉世無雙的人！前無古人，後無來者！』這樣我就滿足了，不再有更多的要求了。我很謙虛知足呀！」

要是我，可不會用上「謙虛」這個字眼。看來我這位朋友的自負並沒有因年紀增長而有所消滅。他往後一仰靠在椅背上，拈著鬍鬚，只差沒發出一種自我陶醉的「唔……唔……」聲。

我們坐在皇家旅館的小陽台上。這是聖盧最大的一家旅館，坐落在海岬上，俯瞰著浩瀚無邊的大海。小陽台下就是旅館的花園，到處都是棕櫚樹。大海深藍悅目，天上萬里無雲。八月的太陽傾瀉它全部之熱量，一心一意地照耀著大地（這在英國實在難得）。蜜蜂發出嗡嗡聲，聽著使人心平氣和。所有這一切都好得無以復加。

我們是昨天晚上才到這裡的，打算在這兒逗留一個星期。如果這種好天氣能延續下去，我們的這次休假必定更加完美無缺。

我拾起從手中落下的晨報細看起來。政治形勢令人擔憂，不過引不起我的興趣。在中國又出了麻煩；有一則消息詳細報導了一個城裡謠傳的醜聞。大體說來，報紙上沒有什麼令人興奮的事。

「這種『鸚鵡病』實在十分奇怪。」我翻動報紙時說著。

2 參克莉絲蒂的《藍色列車之謎》。

「是非常奇怪。」

「瞧，在利茲又有兩個人得這種病死了。」

「遺憾之至。」

我又翻了一頁。

「飛行員塞頓的環球飛行還是沒有消息。這些傢伙真是勇敢。他那架叫作『信天翁號』的水陸兩用飛機，肯定是一項偉大的發明，如果他一命歸西可就太糟糕了。不過也許還有點希望，他可能降落在某太平洋的小島上了。」

「所羅門群島上大概還有食人族吧，有嗎？」白羅神情愉悅地問。

「那飛行員一定是個優秀的人。這種壯舉歸根究柢是為我們英國人爭光。」

「是呀，可以安慰你們在溫布敦的挫敗（指世界網球錦標賽）。」白羅說。

「我，我不是這個意思。」

我的朋友巧妙地岔開了我的辯解。「我可不像可憐的塞頓那架飛機是水陸兩棲的，不過我是個世界主義者。對於英國人，如你所知，我向來佩服得五體投地。比方說吧，他們始終一絲不苟，就連看報紙也總是一字不漏，看得十分徹底。」

我的注意力還在政治新聞上。

「內政部長的日子不好過呢！」我笑了起來。

白羅聽了說：「可憐的人，他有他的難處。啊哈，是啊，麻煩多到他得跟最不可能的人選求助。」

我不解地看著他。

白羅微笑著從口袋裡取出一卷用橡皮筋紮住的郵件，從中抽出一封信遞給我。

「這信本來昨天就應當收到的。」他說。

我把信看了一遍，心裡不禁又愉快又激動。

「白羅，」我叫道，「這真是對你最高的讚譽了。」

「你這樣想嗎，我的朋友？」

「他對你的才能恭維備至。」

「他是對的。」白羅說著，謙虛地把眼光移到了別處。

「他請求你幫他解決一個難題——純粹是私人的幫忙。」

「沒錯，你沒有必要向我複述這封信的內容。你知道，親愛的海斯汀，我已經看過這封信了。」

「不妙啊，」我嘆道，「我們的休假就要到此結束了。」

「不，不，你別急，完全不是那麼回事。」

「但內政部長說事情已經火燒眉毛了。」

「他可能是對的，也可能不對。政治家總是神經過敏。我在巴黎下議院看過……」

「是呀，是呀。可是，白羅，我們總該準備啟程了吧？去倫敦的快車已經在十二點開走了，下一班……」

「鎮靜些，海斯汀，鎮靜些，拜託！你老是那麼衝動，見到風就是雨。我們今天不去倫敦，明天也不。」

「但部長的要求……」

「跟我無關。我並不屬於你們的警察系統，海斯汀。他要我以私人調查員的身分參加工作，我拒絕了。」

「你拒絕了？」

「當然。我禮數周到地寫了封信向他深致歉意，告訴他我已經完全荒廢了——你們是怎麼形容的？我退休了，完蛋了。」

「你還沒完蛋！」我激動地喊了起來。

白羅拍拍我的膝蓋。

「啊，我忠實的朋友，你的話當然也有道理。我的那些灰色腦細胞還是照常運作，我的方法、條理也仍未喪失。但我已經退休了，我的朋友，我畢竟是個退休的人啦，收手啦。我不是那種戲演完了還賴在台上謝幕十二次的名演員。我非常慷慨地說：讓年輕人有個機會一顯身手吧。雖然我懷疑他們到底有沒有什麼身手可顯，但也許他們真的有那麼兩下子。無論如何，應付內政部長這件沉悶的案子，他們總還是可以的。」

「可是，白羅，部長那麼稱讚你！」

「我啊可不吃那一套。內政部長是個明理的人，他當然知道如果有我助他一臂之力，一切疑難都會迎刃而解。可惜他運氣不佳，赫丘勒·白羅已經辦完他最後一個案子了。」

我看著他，打心眼裡痛惜他如此固執。偵破了部長委託給他的案子以後，他那早已蜚聲國際的聲譽不是會更添光芒嗎？不過，我又不得不欽佩他的堅決態度。

突然我想到一個主意，笑了起來。

「我想，你不會是害怕了吧？信裡那一席話甚至可以打動上帝囉。」

「不可能，」他回答說，「誰都不可能動搖赫丘勒·白羅的決定。」

「不可能嗎，白羅？」

「沒錯，我的朋友，『不可能』這種字眼不應當隨口亂用。呃，我並不是說即使有一顆子彈打在我腦袋上方，我還是會堅拒調查。人總是人呀！」

我笑了。他說話時，正好有一顆小石子打在我們身旁的陽台上。他那迅捷的聯想力叫我覺得有趣。他彎腰拾起那玩意兒，繼續說道：「是呀，人總是人。雖然有時就像一條睡得又香又甜的狗，卻還是一叫就醒。你們有句格言就是這麼說的。」

「沒錯，」我說，「要是有人在你眼皮底下做案，儘管你已經退休了，那傢伙還是要倒楣的。」

他點點頭，可是心不在焉。

突然間，不知為什麼，他站了起來，邁下台階走進花園。這時，出現一位女孩，向我們這邊匆匆走來。

我剛注意到這是個非常嬌媚的女孩時，視線就被白羅吸引過去，白羅路沒看好，結果一不小心在樹根上絆了一下，重重地摔倒在地。這時他正好和那女孩擦肩而過，我連忙跑過去和那女孩一起把他攙了起來。雖然我全部心思都在朋友身上，卻也感覺到那女孩有頭黑色秀髮和深藍色的大眼睛，滿臉頑皮的神情。

「太對不起了，」白羅結結巴巴地說，「小姐，你太好了，我非常抱歉——哎喲，我的腳疼得厲害。哦，不，不，沒什麼，只不過腳踝扭了一下而已，過幾分鐘就會好。不過要是你們能夠扶我一下，海斯汀，還有這位好心的小姐……嗯，讓這位小姐來扶我可真是不好意思啊。」

我們一人一邊扶著白羅走到陽台上，讓他坐在一張椅子裡。我建議馬上找個醫生，但他堅決反對。

「沒事，我告訴你。只不過是腳踝扭了一下。疼過一陣子便會恢復。」他齜牙咧嘴地皺起眉頭，「看吧，一會兒我就會忘得一乾二淨。小姐，千謝萬謝，請坐一會兒吧。」

小姐坐了下來。

「別客氣，」她說，「不過我總覺得你應當請個醫生看看。」

「小姐，我向你保證用不著麻煩醫生。有你的陪伴，心情好，就不痛了。」

小姐笑了起來，說：「那就好。」

「來點雞尾酒怎樣？」我提議，「現在正是喝點雞尾酒的時候。」

「呃——」她猶豫著，「那就多謝了。」

「馬丁尼酒[3]，好嗎？」

「好的，不加冰塊。」

等我去叫了酒回來，發現白羅和那小姐已經談得十分投機了。

「想不到吧，海斯汀，」他說，「岬尖上那幢房子，就是我們一直讚美不已的那幢，就是這位小姐的家。」

「真的？」我說，雖然我根本想不起什麼時候讚美過那棟房子——事實上，我幾乎沒太注意過那幢房子。「它看起來陰森森，孤伶伶地坐落在那裡。」

「它叫作『懸崖山莊』，」這小姐說，「我很喜歡它。但它是一所古老破舊的房子，而且就快垮了。」

「你是一個古老世家的唯一後裔吧，小姐？」

「哦，算不上什麼世家。但我們姓巴克利的住在這兒已有兩三百年了。我哥哥三年前去世後，我就成了巴克利這一家族的唯一繼承人了。」

3　馬丁尼酒（Martini），一種用杜松子酒、苦艾酒和苦味酒混合而成的雞尾酒。

「多淒涼！你一個人住在那兒嗎，小姐？」

「噢，我常出門。不過我不出門的時候，家裡總是高朋滿座。」

「這倒是相當時髦。在我的想像裡，還以為你身處神祕黑暗的古屋裡，家族的詛咒揮之不去。」

「真有趣，你一定有很豐富的想像力。不，沒有什麼揮之不去的東西。就算有，一定也是些善良的幽靈。這些天來，我三次幸免於慘遭橫死，所以我覺得一定有種神力冥冥中庇佑著我。」

白羅警覺地坐起身子。

「幸免於死？那倒是挺有意思的，小姐。」

「哦，倒也不是什麼驚人的事，只是些意外事故，你知道。」她猛然偏過頭，避開了一隻飛過的黃蜂，「這些該死的黃蜂！這附近一定有牠們的巢。」

「這些蜜蜂黃蜂的——你不喜歡牠們嗎，小姐？你被牠們螫過，是吧？」

「那倒沒有。可是我討厭牠們朝著我臉上飛過來。」

「帽子裡的蜜蜂[4]，」白羅說，「你們英國人的諺語。」

這時雞尾酒送來了。我們舉起酒杯，互相說些無聊的感想。

「我本來應該在旅館裡喝酒的，」巴克利小姐說，「我猜他們一定在找我了。」

白羅清了清嗓子，放下酒杯。

「嗨，如果有一杯美味的巧克力該多好！」他喃喃地說，「但是在英國，人們是不做這種飲料的。不過英國人有些習慣倒也叫人覺得有趣。比方說，女孩子的帽子脫脫戴戴，真可愛，真輕鬆……」

女孩看著他，說：「我不懂你在說些什麼，難道這樣戴帽子不好嗎？」

「你問這話是因為你很年輕，太年輕了，小姐。可是對我來說，我認為應該要把頭髮梳得又高又結實，再用一大堆夾子從四面八方把帽子緊緊地別在頭髮上。」

他用手在頭上比畫著用力插夾子的樣子。

「那多不舒服呀！」

「我想也是，」白羅說，沒有一個身受其害的女士能說得像他這麼感觸良多。「一旦起了風可就苦了，叫你像得了偏頭痛似的。」

巴克利小姐取下她的寬邊呢帽扔在一旁說：「那我們就這麼做呀。」她笑出聲來。

「這樣倒是方便又優雅。」白羅說著微微彎了彎腰。

我很有興致地打量著她。她那頭蓬蓬的黑色頭髮使她像個小精靈。其實她整個人就像個精靈。小小的臉蛋，豐富的表情，活像一朵紫羅蘭。那雙深藍色的大眼睛，還有一種只可意

4 帽子裡的蜜蜂原文為「the bee in the bonnet」，意指精神不穩定或胡思亂想。

會不可言傳的韻味。莫非她是有些放浪的人？她的眼睛下方還掛著黑眼圈呢。

我們正坐著的陽台有點老舊，一般人都坐在轉角的主陽台，峭壁直落入海的那一點。現在那裡出現了一個紅臉壯漢，他走起路來左搖右擺，兩手半握著拳，滿面春風，無憂無慮，一望就知是個海員。

「不知道她跑到哪兒去了，」他說起話來聲如洪鐘，連我們都聽到了。「妮可！妮可！」

巴克利小姐站了起來。

「我就知道他們等急了，好小子——喬治！我在這兒呢！」

「弗雷蒂想喝酒都快想瘋了。過來吧，女孩！」

他直率地向白羅投下好奇的眼光，大概覺得白羅一點都不像是妮可的朋友。

女孩把手一揮，介紹說：「這位是查林傑中校，呃——」

那姑娘在等白羅做自我介紹，但出乎我意料之外，白羅沒有說出自己的姓名。他站起來客氣地鞠了一躬，喃喃地說：「英國海軍中校！我對英國海軍素來敬仰備至。」

英國人很少這樣讚揚別人，查林傑中校的臉紅了。妮可．巴克利馬上扭轉僵局說：「好了，喬治，別目瞪口呆的。我們去找弗雷蒂和吉姆吧。」她對白羅笑道：「謝謝你的雞尾酒。但願你的腳踝快快痊癒。」

她對我一點頭，挽著海員的手臂，雙雙消失在轉角。

「所以，他是這位小姐的朋友囉，」白羅若有所思地喃喃說，「是她某個朝氣蓬勃的朋友。他是怎樣的人呢？請你用專家的眼光判斷一下，海斯汀。他是不是你所謂的『好人』。是嗎？」

我停頓了片刻，想弄懂白羅所說的「好人」究竟是指哪一種人，我猶豫不決地同意了。

「他看起來好像還不錯——是不錯。」我說，「光憑這一面之緣來說。」

「我懷疑。」白羅說著彎下腰去把她忘在這兒的那頂帽子撿了起來，心不在焉地用手指頂著它旋轉。

「他是不是對她很有意思呢？你是怎麼想的，海斯汀？」

「我親愛的白羅！我怎麼知道呢？來，把帽子給我，那小姐會需要這頂帽子。讓我拿去還給她。」

白羅沒理我，繼續慢慢地用指頭旋轉那頂帽子，說道：「他對她也許還沒有什麼意思。這頂帽子倒是挺好玩的。」

「你真是的，白羅。」

「是的，我的朋友。我愈老愈孩子氣了，不是嗎？」

這正是我的想法，只不過難以出口罷了。白羅嘻嘻一笑，用指頭搔著鼻梁，湊過身來說：「可是，不是這樣——我還不至於像你想的那麼癡呆！我們當然要把這頂帽子還給她，不過還要晚一點。我們會送到懸崖山莊去。這樣我們就有個藉口，再看看那位迷人的妮可小姐了。」

「白羅，」我說，「我覺得你墜入情網了。」

「她美得很，呃？」

「呃──你自己看過了，何必問我？」

「因為，天啊！我判斷不出來。對我來說，凡是年輕的事物都是美的。啊，青春哪，青春……這是我這年齡的悲劇。可是你──我拜託你！雖然，你在阿根廷住久了，判斷力跟不上時代，欣賞的也還是五年前那一套，不過無論如何，你還是比我強。她很漂亮，是不是？男人或女人應該都會被她迷住吧？」

「對男人是絕對的！白羅。」我說，「我該說，這答案非常肯定。你為什麼對這個女子這麼感興趣？」

「我感興趣？」

「嘿，想想你自己剛才說的那些話吧。」

「你誤會了，我的朋友。我對那位女孩或許感興趣，是的，但我對她的帽子更覺得興味無窮。」

我睜大眼睛看著他，但他顯然不是在開玩笑。

他對我點點頭。

「是呀，海斯汀，就是這頂帽子。」他把帽子舉向我。「你看得出我感興趣的原因嗎？」

「一頂挺好的帽子，」我困惑地說，「不過也是相當普通的帽子。許多女孩都會戴這種帽子。」

「但不像這一頂！」

我更仔細地打量了這頂帽子。

「看出點什麼了嗎，海斯汀？」

「淡黃色的女帽，式樣美觀……」

「我不要你形容它。你顯然還是沒看出來。簡直叫人不能相信，我可憐的海斯汀，你幾乎從沒看出什麼來，每次都叫我詫異。你用心點看呀，我親愛的老傻瓜，這不需要用到灰色的腦細胞，用眼睛就行了。仔細看，看呀——」

我總算看到了他一直想要我看的東西。那頂帽子在他手指上慢慢旋轉，而那根手指頭正插在帽子邊沿上的一個小洞裡。他看到我明白了他的意思後，便從洞裡抽出手指，把帽子遞給我。那是個相當平整的小圓洞，只是我想不出這個小洞有什麼含義——如果它真的有什麼含義的話。

「你有沒有注意到那隻黃蜂飛過去時，妮可小姐畏縮的樣子？軟帽裡的蜂——帽子上的洞。」

「可是，黃蜂是鑽不出這樣一個洞來的。」

「對極了，海斯汀！真是聰明絕頂！蜂兒自然鑽不出這樣一個洞，但子彈卻有這個本事，好友！」

「子彈？」

「沒錯，像這樣的一顆子彈。」

他伸出手來，掌心裡有一樣小東西。

「這是一顆打過的彈頭，我的朋友。剛才我們在閒談時，打在陽台上的就是它。一顆發射過的子彈！」

「你的意思是……」

「我的意思是，只差一吋，這個洞就不是穿過帽子，而是她的腦袋。現在你明白我為什麼這麼感興趣了吧，海斯汀？我的朋友，你對我說不應當使用『不可能』這個字眼，你說對了。是呀，人終歸是人！但那開槍的人犯了一個重大錯誤，那個殺人未遂的凶手，他居然膽敢在距離赫丘勒・白羅不到十二碼的地方開槍殺人！對他來說，這是大失策！現在你總該明白為什麼我們要到懸崖山莊去看那位小姐了吧？三天裡三次險些喪命，這是她自己說的。我們必須趕快行動，海斯汀，危險已經迫在眉睫了！」

02 懸崖山莊

「白羅，」我說，「我一直在思考……」

「思考是一種值得推崇的運動，繼續想下去吧。」

我們面對面地坐在窗口一張小桌子上吃午飯。

「這一槍是在離我們很近的地方發射的，但我們沒聽見。」

「你認為，在除了海濤拍岸聲外幾近無聲的環境裡，我們應當會聽見這一聲槍響？」

「是啊，很奇怪。」

「不，並不奇怪。有些聲音你聽慣之後，幾乎就不會感覺到它的存在。今天整個上午，那些快艇都在海灣裡東衝西闖的。剛開始你煩得要命，但很快你就會置若罔聞。只要有一艘快艇在海灣裡開，即使發射機關槍，也不會被人察覺。」

「這倒也是。」

「啊，看，」白羅輕聲說道，「那位小姐和她的朋友們。他們像是要到這兒來吃午飯了。這一來我不得不把帽子還給她了。不過沒關係，這件事太嚴重，我們還是得走一趟。」

他敏捷地站了起來，匆匆穿過餐廳，在他們剛剛要入座的時候，把帽子還給了她，還鞠了一躬。

他們一共四人。妮可·巴克利、查林傑中校，還有另外一男一女。從我們坐的地方，不大看得清他們，但不時聽到那個海軍軍官放聲大笑。他好像是個單純快活的人，我對他已經有了好感。

吃飯時，我的朋友心不在焉一語不發。他把麵包撕成小塊，自言自語地發出一些奇怪的輕呼聲，還把桌上的每樣東西擺得井井有條。我試圖跟他交談，他卻沒有反應，只好作罷。

吃完了乳酪，他又坐了很久。但當那四位一離開餐廳，他也馬上站了起來。他們走進休息室，剛在桌旁坐下，白羅就以他最像軍人風度的模樣向他們邁進，直截了當地對妮可說：「小姐，我是否可以和你說幾句話？」

她皺起眉頭。我對她的感受再清楚不過了。她怕這個矮小的怪外國佬會糾纏不休。她很不情願地走到了一旁。

白羅低聲匆匆跟她說了幾句，我立即見她臉上現出驚異的表情。

在此同時，我卻渾身不自在。幸虧查林傑適時過來，把我救出尷尬的處境，他請我抽菸並閒聊了幾句。我們互相打量，有點惺惺相惜。我感到我比和他同桌吃飯的那個男人，更像是他的同類。現在我有機會來端詳那個年輕男子了。他是個高個子、金頭髮、大鼻子、白皮膚，有副過分裝扮了的漂亮外表。他態度傲慢，懶懶散散，我尤其不喜歡他那種油腔滑調的神情。

我的視線又移到旁邊那位女士身上。她面對著我坐在一張大椅子裡，剛剛扔下她的帽子。她非常特別，「無精打采的聖母瑪利亞」是對她的最佳形容。一頭淡得幾乎發白的金頭髮從中間分開，垂下來遮住兩隻耳朵，在頸部綰了個結。她的臉色死白憔悴，卻有著奇特的吸引力，配上一雙瞳仁很大的淺灰色眼睛，透出一種淡漠的古怪神情。她凝視著我，突然開口了。

「坐下吧，等你的朋友跟妮可把話講完。」

她的語氣憂鬱做作，卻有一種餘音裊裊的美，倒是很吸引人。這位女士令我印象深刻，她可以算是我所遇過的最疲倦的人了——不是指體力而是心靈。她好像覺得世上一切都是空虛的，毫無價值可言。

「今天早上，我朋友扭傷腳時，妮可小姐很好心地幫助他。」我坐下時這麼說。

「妮可告訴過我，」她眼神淡淡地看著我，「現在他的腳沒事了，不是嗎？」

我覺得臉上有些發熱，解釋說：「只不過是一時扭到筋。」

「哦！呃，我很高興這件事不是妮可捏造出來的。你知道，她是天字第一號說謊專家。真奇怪，簡直可說是一種天賦了。」

我幾乎不知該說什麼了。她似乎覺得我的窘態很好玩。

「妮可是我的老朋友。」她說，「我總覺得誠實是一種無聊的美德，你不認為嗎？這種品德是專門給蘇格蘭人奉行的，就像他們省吃儉用跟守安息日的習慣一樣。不過，妮可是個騙子，不是嗎，吉姆？什麼關於汽車煞車失靈的嚇人故事……吉姆說壓根兒就沒這回事。」

那金髮白膚的年輕人用一種溫柔響亮的聲音說：「我對汽車懂一些。」

他側過頭去。外面，一堆汽車當中停著一輛車身頎長的紅色轎車，看起來比任何車子都來得長且紅，金屬外殼閃閃發亮，真是一輛聒聒叫的轎車。

「那是你的車嗎？」我信口問道。

他點點頭。「是的。」

我有股不理智的衝動想說：「是啊，除了你還會是誰的呢？」

這時白羅加入我們。我剛站起來，他就拉著我的手臂對大家很快地鞠了一躬，並快速地把我拖走了。

「約好了，我的朋友。我們六點半到懸崖山莊拜訪那位小姐。到那時，她已兜完風回去了。嗯，是的，她一定會回去的——平平安安地回到家裡。」

他神色憂慮，說話的口氣也顯得十分不安。

「你對她說了些什麼？」

「我要求她安排一次會晤，愈快愈好。當然她不太樂意。她在想——我看得出她這樣想：『這矮小的男人是誰？一個暴發戶？還是電影導演？』要是她能拒絕的話她會拒絕。不過這不容易，因為我突如其來地提出要求，叫她一時難以應付。她答應在六點半回到懸崖山莊。就這樣！」

我說那不就沒問題了，但他卻不太以為然。此後白羅真是沒有片刻安寧，整個下午他自言自語地在客廳裡踱來踱去，不停地把屋裡各種小擺設移來移去。我想跟他談話時，他就向我又是擺手又是搖頭。

好不容易捱到快六點，我們便離開了旅館。

「簡直不可思議，」當我們走下旅館的台階時，我這麼說，「竟然企圖在旅館的花園裡開槍殺人。只有瘋子才會做這種事。」

「我倒不同意你的看法。想想現場的狀況，這可是相當穩當的事。首先，這座花園相當荒蕪，來到旅館的遊客又全都像一群羊，習慣坐在大陽台上眺望海灣，因此，每個人都坐在大陽台上。只有我與眾不同，坐在冷僻的小陽台上欣賞花園。但我還是什麼都沒看見。有許多東西擋住了我的視線，你注意了——樹林、棕櫚樹群、開滿了花的灌木。隨便什麼人都可以十分安全地隱藏起來，不被人注意地等待那位小姐經過。而且妮可小姐一定會走這條路，因為從山莊到旅館，走大路要遠得多。妮可．巴克利小姐，她老是姍姍來遲，然後不得不抄近路！」

「反正不管怎樣，對凶手來說，風險是很大的，他可能被人看見——況且你無法使槍殺看起來像一次意外事故。」

「不像是意外事故，不。」

「你的意思是——」

「沒什麼。我有個小小的想法，可能對，也可能不對，且不去說它。我認為，這次槍殺說明那個罪犯握有一個重要的有利條件。」

「什麼條件？」

「你當然說得出來，海斯汀。」

「我不想剝奪你在我面前賣弄聰明的樂趣。」

「噢，你話裡帶刺！你挖苦我！呃，有一點很清楚：殺人的動機一定不明顯。否則，這個險可就大到冒不起了！人們會說：『我懷疑是某某人幹的。開槍時某某人在什麼地方？』不，這個凶手——我應當說，這個殺人未遂的凶手——他的動機一定不會是明顯的。而這，海斯汀，就是我所擔心的。是啊，此時此刻我就十分提心吊膽。我安慰自己：『他們有四個人，他們在一起時，什麼事也不會發生，』我說，『要是還會出事，就真的是瘋子幹的了！』不過我還是放心不下。這些『意外事故』，我得要聽聽看！」他突然轉過身說：「還早呢，我們走另外那條路吧。我們不會在花園裡再發現什麼的。讓我們檢查一下到懸崖山莊去的大馬路。」

我們沿大馬路走出旅館正門，向右轉上了一座陡峭的小山丘。小山頂上有條小路，牆上的告示牌寫道：「此路僅通懸崖山莊」。

沿這條小路走了幾百碼以後，小路突然一彎，盡頭出現了兩扇年久失修、需要重新油漆的大門。

門內右邊有一幢小木屋，這幢小屋同那兩扇大門以及荒草滿徑的小道，形成鮮明的對比。它周圍的小花園倒是得到精心照料，生氣勃勃的，小屋的窗框和窗櫺都是新近油漆的，窗上還掛著乾淨明亮的窗簾。

花床上有一個身穿褪色諾福克上衣的男人正彎腰勞動。聽見大門的吱嘎聲，他直起身來回頭看著我們。這是個年近花甲的人，至少有六呎高，身材魁梧，頭頂近乎全禿；飽經風霜的臉上有一雙炯炯有神的天藍色眼睛，看上去忠厚慈祥。

「午安，」當我們從他身旁走過時，他這樣招呼道。

我親切地回答了一聲，同白羅一起沿著小徑繼續往前走，可是卻感覺那雙藍眼睛一直在好奇地打量著我們的背影。

「我懷疑喔。」白羅心事重重地說。

可是他沒告訴我他在懷疑什麼。那句話就到此為止。

懸崖山莊是一所外表荒涼的大房子，被濃密的樹蔭包圍著，那些樹枝都長得碰到了屋頂。顯然房子的修繕做得很差。白羅把房子打量了一番，就去拉門上的拉鈴——這是老式的門鈴，得花上九牛二虎之力才行。但一旦被拉響了，它那淒涼的回聲又經久不息。

出來開門的是個中年婦人。我想應當這樣描寫她：一位身著黑衣的端莊婦人。令人尊敬，卻又哀愁滿面，毫無生趣。

她說巴克利小姐還沒回來。白羅解釋說我們跟小姐已訂下約會。為了說明這件事，他頗費了一番口舌，因為她是那種容易對外國人深具戒心的女人——這點我確實可以得意一下，由於我不是外國人，所以幫了白羅不少忙。她讓我們進去，引領我們到客廳，坐等巴克利小姐歸來。

這間客廳裡倒沒有那種淒涼感。它面向大海，陽光充足。房間布置得不倫不類，格調簡陋：最時興的廉價小玩意兒堆疊在道地的維多利亞家具上。緞子窗簾已經褪了色，而家具套子卻是新式明亮的。椅子上的坐墊，色彩更是絢麗奪目。牆上全掛著家庭成員的肖像畫。我覺得有幾位祖宗看上去還相當溫文儒雅。房間裡有台留聲機，唱片東一張西一張隨意亂放，還有一台手提收音機。沒有書籍，一張報紙攤開在沙發上。白羅把它撿了起來，皺皺眉頭又扔下了。這是《聖盧先鋒週報》。然而報上好像有什麼東西使得他再度把它撿起來。正當他看報的時候門開了。妮可・巴克利走了進來。

「拿冰塊來，愛倫。」她回頭喊了一聲，然後跟我們打了招呼。「呃，我回來了，而且甩開了其他幾個人。我好奇得要命。你說，我是不是人家踏破鐵鞋無覓處的女英雄人選？你的態度是那麼認真。」她對白羅說，「我真的覺得不可能是別的事了。你給我一個機會試試看吧。」

「哎呀，小姐……」白羅剛要開始解釋，又被她打斷了。

「可別是你要我給你一個機會吧？」她的聲音近於懇求了。「別對我說你畫了些小玩意兒要我買一幅。不過不會的，一個長著這種威嚴翹鬚的人，還住在皇家旅館——全英國價錢最貴飯菜卻最差的地方，不會是個畫小油畫的。」

那位給我們開門的婦人，拿著冰和一些酒瓶走進來。妮可熟練地調著雞尾酒，邊調邊絮絮不休。我想，最後大約她察覺到白羅的沉默（真不像他），就在調好酒倒進杯子裡去時，猛然問道：「怎麼啦？」

「那樣正好——呃，小姐，」他從她的手中接過雞尾酒。「祝你健康，小姐，祝你永遠健康。」

那女孩並非傻瓜，她聽出了白羅的弦外之音。

「怎麼，會出什麼事嗎？」

「是的，小姐，你看——」

他把那顆子彈放在掌心裡給她看。她蹙起眉頭把它拿了起來。

「你知道這是什麼嗎？」

「當然知道，這是子彈。」

「沒錯，小姐。今天上午從你臉上飛過的不是一隻黃蜂，是這顆子彈。」

「你是不是說——今天有個笨歹徒在旅館花園裡開槍？」

「好像是這麼回事。」

「那麼，我可以起誓。」妮可直率地說，「我的確生活在神靈的庇佑之下。這是第四次了。」

「是的。」白羅說，「這是第四次。小姐，我想聽聽另外三次——意外事件。」

她怔怔地看著白羅。

「小姐，我想弄明白它們是不是真的『意外事故』。」

「啊，當然是的！不然，是什麼呢？」

「小姐，你得有心理準備，我懇求你。你會十分驚訝的。要是有人想暗算你呢？」

聽了這話妮可樂得大笑了一陣。她像是覺得這個說法十分有趣。

「多奇妙的想法！我親愛的先生，你到底認為是誰會來暗算我呢？我又不是死後遺產數百萬又年輕貌美的女繼承人。我倒真的希望會有人設法謀害我，那才真叫刺激——但我怕我沒這個福氣。」

「小姐，請你告訴我那些意外發生的經過好嗎？」

「當然可以，不過，沒什麼大不了都是些可笑的事。我床頭上掛著一幅很重的畫，它在夜裡突然掉了下來。要不是我剛巧下樓去關一扇被風吹得乒乓作響的門，這下子準會砸得我腦漿迸裂。這是第一次。」

白羅臉上一絲笑意都沒有。

「說下去，小姐。第二次呢？」

「哦，第二次更不值得一提。峭壁上有條極陡的小路通到下面的大海。我沿那條小路下去，到海裡去游泳。海邊有一塊礁石可以用來跳水。我剛下到海邊，峭壁頂上一塊大石頭忽然鬆動了直滾下來，差點打中我。第三次就不同了，我汽車的煞車出了毛病——我不清楚是什麼毛病，修車工人解釋給我聽，但我不懂。反正如果當時我把汽車開出大門，駛下山坡，車子就會煞不住，一直撞到山下的鎮議會大廳，連車帶人撞得粉碎，議會大廳的外牆會撞出個小破洞，而我可是就一命嗚呼了。不過，我出門時老是把東西忘在家裡，所以我掉轉車頭開回來取東西，結果僅僅衝進了月桂籬笆裡。」

「你說不出是什麼零件出了故障？」

「你可以去問問莫特車行裡的人，他們知道。是相當單純的毛病，大概是什麼螺絲鬆了吧。我不知道愛倫的兒子（愛倫就是給你們開門的那位婦人，她是我的女傭，有個小男孩）是否動過我的車，因為男孩子最喜歡玩車子。當然，愛倫發誓說他沒走近過汽車。不管莫特車行怎麼說，我想一定是車子用久了，有東西鬆掉了。」

「你的車庫在哪兒，小姐？」

「就在房子的另一邊。」

「平常上鎖嗎？」

妮可眼裡露出驚奇的神色。

「噢！沒有，當然沒有。」

「任何人都可以動你的車而不會被發現？」

「是吧，我想是這樣。不過，這太可笑了吧？」

「不，小姐，這並不可笑。你不明白，你正處在危險中，極大的危險，我告訴你。我！你可知道我是誰？」

「不知道。」妮可屏住了氣說。

「我是赫丘勒．白羅！」

「哦，」妮可無動於衷，「哦，是的。」

「你聽說過我的名字嗎，呃？」

「啊，聽說過。」

她不自在地扭動了一下，眼裡流露出不安的神色。這一切白羅看得清清楚楚。

「你不自在了。這就是說，我猜，你還不知道我是誰。」

「嗯，不是……不是很清楚，但我當然知道這個名字。」

「小姐，你是個有禮貌的小騙子。」（我想起了午餐時在旅館裡聽過這個字眼。）「我忘了，你還只是個孩子——你不會聽過我的名子。人的名氣消失得真快。我的朋友會告訴你我是誰。」

妮可看看我。我咳嗽了一聲，覺得怪彆扭的。

「白羅先生是——嗯，以前是一位大偵探。」我解釋說。

「嗨，我的朋友，」白羅叫道，「難道你只有這麼幾個字好說嗎？講下去呀，你應當對這位小姐說，我是獨一無二、無人可及、空前絕後、最最了不起的大偵探！」

「看來不用我來講了，」我冷冷地說，「你自己全說了出來。」

「哦，當然，不過，一個人總還是謙虛點好，不應該吹捧自己。」

「一個人不該養了條狗還得自己叫。」妮可同意，語中有譏諷的同情，「那麼誰是狗的角色呢？大概是華生醫生[5]吧。」

「我的名字叫海斯汀。」我冷冷地說。

「一〇六六年那次戰役就叫海斯汀之戰，」妮可說，「誰說我不學無術？不過這一切真是太棒了。你認為真的有人要殺我嗎？實在夠緊張刺激的，不過這種事不會真的發生，那只有書裡才有。我覺得白羅先生活像是發明了一種新手術的外科醫生，或者說像個發現了一種不明疾病的醫生，希望大家都得到那種病。」

「簡直不像話，」白羅大聲說，「你嚴肅些好不好？你們這些時下的年輕人把什麼都當成兒戲，但現在不是開玩笑的時候，小姐。如果是你的腦袋而不是帽子被打出一個小洞，變

5 即柯南・道爾（Conan Doyle, 1859-1930）筆下的大偵探福爾摩斯的助手。

成一具美麗可愛的屍體躺在旅館花園裡的話，你可就笑不出來了。呃？」

「那時就得在降靈會上聽鬼笑了，」妮可說，「但說真的，白羅先生，你對我真好，不過它們一定是意外。」

「你像魔鬼一樣頑固不化！」

「這正是我名字的由來。許多人都認為我祖父把靈魂賣給了魔鬼，附近的人們都叫他老妮可。他是個邪惡的老頭子，但是非常有趣。我崇拜他，跟著他到處跑，因此他們叫他老妮可，叫我小妮可。我的真名是瑪格黛勒。」

「這是個少見的名字。」

「是的，這是個家族名字。巴克利家族有好幾個人叫瑪格黛勒。喏，那裡就有一個。」

她朝牆上許多畫像中的一幅點了點頭。

「哦，」白羅說，又看著壁爐架上方的一幅問道，「那是你祖父嗎，小姐？」

「是的。這幅畫很引人注目，對吧？吉姆．賴哲勒要買它，但我不賣。我很愛老妮可。」

白羅沉默了片刻之後，很認真地說：「言歸正傳。聽著，小姐。我求你嚴肅些。你正處於危險之中。今天有人用毛瑟槍向你射擊──」

「毛瑟槍？」她吃了一驚。

「是的。怎麼？你知道什麼人有毛瑟槍嗎？」

她笑了。

「我自己就有一把。」

「你有？」

「是的，是我爸爸的。他從戰場上帶回來後，就一直在這裡。前幾天我看見它在那個抽屜裡。」

她指了指一張老式的辦公桌，接著好像想起什麼似的，走過去拉開抽屜。而後她顯得迷茫困惑，連聲音也變了。

「噢！它——它不見了。」

03 意外事件？

從這一瞬間起，氣氛就不同了。在這以前，白羅和這女孩總是話不投機。他們年齡相差太遠，他的名氣和聲望對她而言毫無意義——她這一代人只知道當代的顯赫人物。因此，他的警告並未讓她印象深刻。對她來說，他只不過是個腦子裡裝滿了戲劇性怪念頭的滑稽外國老頭。

這種態度使白羅十分難堪，主要是傷了他的自尊心。他一向堅信不疑地認定全世界的人都知道赫丘勒·白羅，但這裡竟有個人不知道他。我不禁感到，這對他來說是好的——不過對眼下發生的事，可就談不上有任何助益了。

無論如何，發現手槍失蹤，使整個局面立刻改觀。妮可不再把這一切當成有趣的笑話，但她仍然不覺得手槍的失蹤有什麼大不了，對什麼都不在乎正是她的性格。然而從她的舉止看得出她確實不一樣了。

她走回來，坐在一張椅子的扶手上，沉思地蹙起眉頭，說：真是怪事。」

白羅向我轉過頭來。

「你可記得，海斯汀，我說過我有一個小小的想法？現在看來，我那個小小的想法是正確的！假設小姐被發現中槍躺在旅館的花園裡，她可能要幾小時後才會被發現——很少人會經過那裡。而在她手邊——就像是剛從她手裡落下似的——會有一支她自己的手槍。毫無疑問的那位好愛倫太太會認出它來。各種暗示於焉形成：無疑的，她有可能是由於焦慮或失眠而自殺。」

妮可不自在地動了動。

「這是真的。我煩得要命，人人都說我看起來很緊張、神經過敏。是啊，他們都是這麼說……」

「這又形成了自殺的判定。手槍上正好除了小姐的指紋外，沒別人的指紋……是啊，一切就是那樣簡單明白，使人信服。」

「真是好玩得要命！」妮可說。

但我很高興地看出來，其實她並不真覺得好玩。

白羅只聽到這句話的表面意思。

「是嗎？但你總該明白，小姐，這種好玩的事絕對不能再來一次。失敗了四次，沒錯，可是第五次也許會成功！」

「準備好棺材吧。」妮可喃喃地說。

「不過有我們在這兒，我和我的朋友，我們會預防一切的。」

我很感激他說「我們」，而不是「我」。白羅有時根本沒感覺到我的存在。

「是的，」我說，「別害怕，巴克利小姐，我們會保護你的。」

「你們真是太關心我了，」妮可說，「不過我總覺得這一切都沒辦法解釋，太叫人毛骨悚然了。」

她仍然裝出無所謂的樣子，然而，我想，她的眼裡卻露出憂慮的神情。

「現在我們要做的第一件事，」白羅說，「是來討論一下。」

他坐下來，友善地對她笑了笑。

「首先，小姐，是個老套的問題，你可有什麼仇人？」

妮可有些遺憾地搖了搖頭。

「恐怕沒有。」她道歉般地說。

「好，我們可以排除這種可能性。現在，我們要問一個電影或是偵探小說裡常出現的問題：小姐，要是你死了，誰會得益？」

「我想不出來，」妮可說，「正是這一點使這一切顯得荒唐。當然，我還有這幢令人望之卻步的老屋，但它也抵押出去了。屋頂漏水，而且又不可能有什麼礦藏或令人興奮的東西藏在山崖裡。」

「它抵押出去了？怎麼回事？」

「是的，我不得不把它抵押了。你看，我被課了兩次遺產稅，一次緊接著一次。先是我祖父死了，才過了六年又輪到我哥哥。這兩次遺產稅幾乎叫我破產。」

「你父親呢？」

「在戰爭中殘廢之後他就退役回家了。後來患肺炎在一九一九年死了。我母親死得更早，那時我還是個嬰兒。我跟祖父一起住在這兒。祖父跟我父親合不來（這我不奇怪），所以父親覺得把我安頓在這兒挺方便的，之後他就漫遊世界去了。傑拉德——那是我哥哥——跟祖父也合不來。我敢說如果我是個男孩子，跟祖父也一定合不來，還好我是個女的。祖父常說我和他是一個模子印出來的，我得到他的真傳。」說到這裡她笑了起來。「他是個可怕的老流氓，我相信，但他一生運氣好得不得了。這一帶的人都說他會點石成金哩。他也是個賭棍，把得到的東西全賭光了。他死的時候，除了這所房子和這塊土地之外，幾乎沒留下什麼東西。那時我十六歲，哥哥傑拉德二十二歲。傑拉德三年前死於摩托車意外，這個地方就傳到我手裡了。」

「你之後呢？小姐？誰是你最近的親戚？」

「我表哥查爾斯·維士。他是本地一個律師，一個高尚人士，卻相當乏味，他老是給我許多忠告，想叫我改掉揮霍的脾氣。」

「他替你料理事務，呃？」

「是的，如果你喜歡那麼說的話。我沒有多少事務需要料理，他為我辦理了抵押手續，還要我把那間小木屋租出去。」

「哦，那間小木屋。我正要問這件事。它出租了？」

「是的，租給一家澳大利亞人，姓克夫特。他們十分古道熱腸，你知道，就是諸如此類的特點。他們好得令人透不過氣來，老是拿些新鮮芹菜、豌豆等等送給我。他們見我讓花園荒蕪著，就大驚小怪得不得了。他們真是討人厭——至少那老頭是這樣——太過煩人地友善，言語難以形容。他太太是個瘸子，可憐巴巴地一天到晚躺在沙發上。不管怎麼說，反正他們付了房租，這是最重要的。」

「他們到此地多久了？」

「哦，大概有半年了。」

「好，知道了。那麼，除了你那位親戚——順便問一下，他是你父親方面的親戚還是你母親方面的？」

「母親方面的。我母親叫艾咪．維士。」

「好！除了這位表哥，就像我剛剛說的，你還有別的親戚沒有？」

「還有幾個遠親住在約克郡，是巴克利家族的。」

「再沒有了嗎？」

「沒有了。」

「你真孤單。」

妮可睜大眼睛看著他。

「孤單？好奇怪的想法。我不常住在這兒，你知道。我經常住在倫敦。親戚通常都叫人受不了，總是大驚小怪，干涉你的事。一個人獨處那就好玩多了。」

「我不多浪費我的同情了，我懂了。小姐，你是一個現代化的人。現在就請談談你家裡的人。」

「這字眼聽起來多麼堂皇！愛倫就是家裡的人。她的丈夫可以算是個園丁，手藝不怎麼高明。我付給他們的薪水很少，因為我讓他們跟孩子住在這裡。當我住在這裡時，愛倫就幫我照料家務。我要舉行宴會的話，就另外再找人來幫忙。下星期一我會舉行宴會。下個星期是賽船週，你知道。」

「下星期一，嗯，今天是星期六。是的。那麼，小姐，你的朋友呢？比方說今天跟你一起吃午飯的那幾位？」

「弗雷蒂．萊斯，那位金髮女郎，是我最好的朋友。她的生活很悲慘，嫁了一個畜生，一個無法形容的怪物，又酗酒又吸毒。一兩年前，她不得不離開他。此後她到處飄泊。老天爺，我希望她能跟他離婚，然後再嫁給吉姆．賴哲勒。」

「賴哲勒？在邦德街上開藝術品公司的那個？」

「對。吉姆是獨子，當然啦，腰纏萬貫。你看見他那輛汽車了嗎？他是個猶太人，不過心腸倒不錯，他迷上了弗雷蒂，兩人形影不離。他們在皇家旅館共度週末，下星期一會到這裡來。」

「那麼萊斯太太的丈夫呢？」

「那個亂七八糟的傢伙？嗨，他不知去向。誰也不知道他在什麼地方。這使弗雷蒂感到十分棘手。你總不能跟不知身在何處的丈夫辦離婚手續。」

「的確！」

「可憐的弗雷蒂，」妮可悲戚地說，「她的運氣糟透了。事情曾經一度確定下來。那次她找到了他，並把離婚的意思對他講了。他說他完全同意，只是當時他連帶一個女人去住旅館的錢都沒有，所以最後她就把錢全給了他——他錢一到手就遠走高飛，從此杳無音訊，直到今天。我說，他真是相當卑鄙。」

「老天！」我嘆道。

「哎喲，我的朋友海斯汀受驚了，」白羅說，「你說話可得當心一點，小姐。他跟不上時代，你知道，他剛從最高尚聖潔的淨土回來，他還得學學時下的語彙呢。」

「哦，有什麼可驚訝的？」妮可睜大了雙眼，說，「我是說，大家都知道有這種人。不過，我把這傢伙稱為下流胚子。可憐的弗雷蒂當時身無分文，簡直是走投無路。」

「是呀，這不是叫人開心的事。你的另一個朋友，那位可敬的查林傑中校呢？」

「喬治？我認識他一輩子了——呃，至少是過去的五年。他是個好人，喬治。」

「他希望你跟他結婚嗎，呃？」

「他常常跟我提起這件事。在半夜三更或兩杯酒下肚之後。」

「但你一直不動心。」

「他跟我結婚有什麼用呢？我們兩個都是窮光蛋，而且跟喬治在一起，會叫人生厭的。他一天到晚淨說些什麼球賽、過去的學校生活，畢竟他已經四十歲了。」

聽了這種說法我微微縮了身子。

「是啊，一隻腳已經踏進墳墓裡了。」白羅說，「哦，別在意我吧，小姐，我是個老爺爺，沒用了。現在再告訴我這一連串意外事故的情況。比方說那幅畫。」

「我重新把它掛上了。這次用了一根新繩子。要是你願意，可以來看看。」

她領我們走出客廳，我們跟隨著她。那幅差點闖下大禍的畫是一幅油畫，框架厚重，吊掛在床頭正上方。

「小姐，容我——」

白羅含糊其詞地說了一聲，就脫下鞋子站到床上去了。他檢查了這幅畫和繩子，又小心地試了試畫的重量就下來了，優雅地做了個怪臉。

「這樣的東西掉在頭上可真是不妙，小姐。以前用來掛這幅畫的也是用這種繩子嗎？」

「是的，但沒有這麼粗。這次我用了一根粗一點的。」

「你有沒有檢查過那根繩子的斷頭？邊緣有綻開嗎？」

「我想有吧——但當時我沒特別留意。我怎麼會注意呢？」

「的確，正如你所說的，你怎麼可能會去注意呢？不過，我還是想看一下那條繩子。它還在嗎？」

「本來還在畫上。我想那個換新繩子的人大概把它扔了。」

「真可惜，能看一看就好了。」

「到現在你還不認為這只是意外事故？當然不可能是其他什麼的。」

「這有可能是意外事故。很難說。不過，弄壞你車子的煞車器，那不是意外，還有從峭壁上滾下去的石頭——我想看看意外發生的地方。」

妮可帶我們穿過花園來到峭壁上。大海在我們下面閃耀著藍色的波光，有一條陡峭的小路從這裡通向下面的礁石。妮可指出了石頭滾下去的地點。白羅沉思地點點頭，然後問道：

「有幾條路可以通往你的花園，小姐？」

「有一條通過小木屋的主要道路，在那條路一半的地方，還有個提供商販進出的邊門。從這裡過去，在峭壁的邊上還有一扇門，那裡有一條彎彎曲曲的羊腸小徑，從沙灘上通向皇家旅館，然後，當然啦，你可以穿過樹籬的缺口走進旅館的花園——這就是我今天上午走的路。走這條路穿過那個花園到鎮上去是條捷徑。」

「你的園丁通常在什麼地方做事？」

「他一般都在菜園裡消磨時間，要不然就是在放置花盆的那個棚子裡，裝模作樣地磨磨剪刀。」

「也就是說，他是在屋子繞過去的另一邊？所以如果任何人進來這裡，把石頭推下去，很可能沒人注意到。」

妮可突然微微顫抖起來。

「你是……你是真的這樣想嗎？」她問，「但我實在無法相信。這根本沒有什麼。」

白羅再度從口袋裡取出那顆彈頭，溫和地說：「這並非沒有什麼，小姐。」

「一定是瘋子幹的。」

「也有可能。是不是所有的罪犯都是瘋子？這是個茶餘飯後聊天的絕妙話題。罪犯的小小灰細胞可能有點畸形，是的，非常可能。不過這是醫生們研究的課題。至於我，我有不同的工作要做。我關心的是無辜的人而不是凶手。現在我所關心的是你，小姐，而不是那個藏頭縮尾的殺手。你又年輕又美麗，生活在明媚的陽光和歡樂之中，在你前面展開的是生命和愛情。這一切就是我所考慮的。小姐，告訴我，你的這些朋友，萊斯太太和賴哲勒先生，在這兒有多久了？」

「弗雷蒂是星期三來的。她和一些朋友在塔維士托克附近逗留了幾晚，昨天才到這裡。我相信吉姆一直在到處旅行。」

「查林傑中校呢？」

「他住在德文波特，只要一有空就開車到這裡來，通常在週末。」

白羅點點頭。我們漫步向屋子走去。沉默了一會以後他突然說：「你有完全可以信賴的朋友嗎，小姐？」

「弗雷蒂。」

「除了她呢？」

「那就不知道了，我想總還是有的。為什麼這麼問？」

「因為我要你找個朋友一起住，而且是馬上。」

「噢！」

妮可看起來很意外。她一聲不吭地思索著，後來猶豫地說：「還有瑪姬。我想我能夠找她來。」

「瑪姬是誰？」

「是我在約克郡的一個遠房堂妹。他們是一個大家庭，父親是個牧師。瑪姬跟我年紀相仿。有時我在夏天請她來住上幾天。她是個相當乏味的人——是那種純潔得令人受不了的女孩，有一頭碰巧才跟上流行的頭髮。今年我本想不請她來了。」

「不，小姐，你的堂妹正是我希望可以陪伴你的人。」

「好吧，」妮可嘆息了一聲，「我會打電報叫她來的，我確實想不起還能找到別的什麼人。大家都沒空。只要那邊不舉行唱詩班遠足或是媽媽團會，她一定會來。可是你要她來做什麼……」

「你能不能請她睡在你的房間？」

「我想可以。」

「她會不會覺得這個要求很古怪？」

「哦，不會的，瑪姬從來不多想，她就是做，認真地做，你知道，虔誠而堅定地做那些教徒的工作。好吧，我打電報去叫她星期一來。」

「為什麼不請她明天就來呢？」

「擠星期天的火車？接到這樣的電報，她會以為我快死了呢。不，星期一吧。你會告訴她，說災難之神在我頭上盤旋？」

「還在開玩笑？我很高興看見你這麼勇敢。」

「總是可以解解悶吧。」妮可說。

她的聲音裡有些什麼引起我的注意，我好奇地看著她，總感到她並沒有把一切都對我們和盤托出。我們又走進了客廳。白羅翻動著沙發上的那張報紙。

「你看這個嗎，小姐？」他忽然問。

「《聖盧先鋒週報》？隨便翻翻罷了。我只是打開來看看潮訊。潮汐情況，那上頭都有預報。」

「我明白了。順便打聽一下，小姐，你可曾立過遺囑？」

「有，立過。大約半年前，就在我挨刀之前。」

「挨刀？」

「動手術，切除盲腸。有人說我應該立個遺囑，所以我就立了。這使我感覺到我還是個重要人物哩。」

「遺囑裡說什麼？」

「我把懸崖山莊留給查爾斯，其他可以留的就不多了，不過我全留給了弗雷蒂。我想我留下的債務比財產還多，真的。」

白羅不置可否地點了點頭。

「我要告辭了，再見，小姐。自己當心些吧。」

「當心什麼？」

「你很聰明，但別讓聰明毀了你。你問我在哪些方面當心？誰說得準呢？不過相信我，小姐，幾天之後我就會找出真相。」

「在那以前，我要謹防毒藥、炸彈、冷槍、車禍，外加南美洲印第安人的毒箭。」妮可信口說了一大串。

「別拿性命開玩笑，小姐。」白羅嚴肅地說。

他走到門口又回過頭去說：「再問一句，賴哲勒先生肯出多少錢買你祖父的畫像？」

「五十英鎊。」

「啊。」

白羅說，回過頭去仔細看了看壁爐架上那幅陰沉憂鬱的臉。

「但是我已告訴過你，我不肯把那老小子賣給別人。」

「是的，」白羅思索著說，「是的，我能理解。」

04 未知數

「白羅，」一到路上我就說，「有件事你應當知道。」

「哪件事，我的朋友？」

我把萊斯太太對那次汽車事故的看法告訴他。

「哈，真有意思，沒錯，是有一種類型的人，自負、歇斯底里，想要以死裡逃生的離奇故事，引起別人的興趣，而且繪聲繪影跟你說一些根本沒發生過的事。沒錯，大家都知道有這樣的人。這種人甚至會為了證明確有其事，不惜嚴重自戕身體。」

「你不覺得……」

「妮可小姐是那種人？不，你自己也注意到了，海斯汀。為了使她相信她身處險境，我們費了多少口舌和力氣。直到最後她還半信半疑地把這件事當成一齣鬧劇。她是她那一代的人，這個小鬼。不過萊斯太太的話倒很有意思，她為什麼要說這些呢？即使那是事實，她為什麼要說出來？這並沒有必要，幾乎是失禮了。」

「是的，」我說，「這倒是事實，我看不出她硬把這件事拉進談話裡來有什麼理由。」

「這是件怪事。是呀，怪事。我歡迎各種怪事接踵而來。它們都很有意義，很能提供線索。」

「線索！在哪裡？」

「你這就是讓自己難堪了，我優秀的海斯汀。在哪裡？是啊！在我們找出來之前，我們是不會知道的。」

「告訴我，白羅，」我說，「你為什麼堅持要她找堂妹來同住？」

白羅停了下來，用力地向我揮動食指。

「想一想，」他說，「只要稍微想一想，海斯汀。我們有多少障礙，受到多少束縛！在罪行發生之後去搜捕凶手，那倒簡單！至少在我來說是易如反掌。殺人犯在行凶時，已經簽下了大名。但這次卻還沒發生什麼案件，再說，我們也不希望它發生。要在案發之前偵辦案子，這真是少見的棘手呢。

「我們的第一個目標是什麼呢？是小姐的人身安全。這不容易，是的，很不容易，海斯汀。我們無法從早到晚盯住她，甚至連派一個全副武裝的警察看護著她，都辦不到。況且我們總不能在一位小姐的香閨裡過夜吧？這件事何其難也！

「不過有件事我們可以辦到，那就是讓殺手更難行凶。我們可以使小姐警覺起來，並且在她身邊安置一個完全公正的見證人。能越過這兩重防線來行凶，那必定是個非常聰明的凶手。」他頓了頓，用一種迥然不同的語氣說：「可是，海斯汀，我所擔心的是——」

「是什麼？」

「我所擔心的是，他恰恰是個老謀深算的行家。這種想法讓我很不安。嗯，我根本沒辦法放心。」

「白羅，」我說，「聽你這麼說連我都緊張起來了。」

「我也很緊張啊。你知道，我的朋友。那份《聖盧先鋒週報》，被攤開再摺到——你猜哪一頁上？是一則短訊，『皇家旅館的住宿旅客中有赫丘勒．白羅先生和海斯汀上尉。』假設——讓我們假設有人看過這則消息——他們知道我的名字，人人都熟悉我的名字——」

「巴克利小姐並不知道。」我笑著說。

「她是個膚淺的小鬼——不算。一個正經的人，一個罪犯，就一定知道我的名字，而且他會害怕，會覺得奇怪。他已經三次企圖奪走那位小姐的性命，而如今赫丘勒．白羅在這一帶出現。他會問自己：『這是巧合嗎？』一想到可能並不是巧合，他便會恐懼了。接下去他會怎麼辦呢？」

「銷聲匿跡。」我提出這種設想。

「對，對。或者，如果他真的膽大包天，就會立即下手，不會浪費時間。在我還沒來得及調查清楚之前，砰！小姐死了。這種事情，一個心狠手辣的人是幹得出來的。」

「你為什麼認為不是巴克利小姐而是別人看了那則消息呢？」

「注意到那則短訊的不是巴克利小姐。當我說出我的姓名時，她一點反應都沒有，甚至連點印象都沒有，臉上毫無表情。再說，她告訴我們，她打開報紙只不過想看看潮訊而已，可是那一頁並沒有潮汐時刻表啊。」

「你懷疑是那屋子裡有個人——」

「屋子裡的某個人或是進得了那屋子的人。而且對後者來說，這並非難事——窗子一直開著。無疑的，巴克利小姐的朋友們經常進進出出。」

「你有沒有什麼想法？可有什麼可疑的人選？」

白羅攤開雙手，說：「沒有。不管動機是什麼，正如我早先所預測的，不會是個明顯的動機。這正是那個行凶未遂的凶手不被發現的保證，這也說明了今天上午他為什麼敢如此大膽行動。從表面上看，誰都沒有理由盼望小妮可死亡。她的財產？懸崖山莊？房子在妮可死後將傳給她表哥，他會這樣迫不及待想得到這所已經高價抵押出去、而且非常破敗古老的老房子？他甚至不會想在這幢屋子定居。記住，他並不姓巴克利。我們當然得去見見這位查爾斯．維士。不過，這個想法太離譜了。

「接下去是那位太太，妮可的知心朋友，那位有雙怪異眼睛，而且給人一種失落感的聖母瑪利亞——」

「你也有這種感覺？」我驚訝地問道。

「她和這件事有什麼關係呢？她告訴你她的朋友是個喜歡撒謊的人（她可真好心！），為什麼她要這麼說？是否擔心妮可會說出什麼？或者她和汽車事故有關嗎？還是她只是以汽車的事做個例子，而她害怕的是別件事？是否有人破壞過那輛汽車？如果有，她是否知情？

「再來就是金髮英俊的賴哲勒先生。他有什麼可疑之處呢？他有那麼華美不凡的汽車和那麼多的錢，跟這個案子可不可能有牽連呢？查林傑中校——」

「他沒問題的，」我趕忙說，「這點我可以肯定。他是個如假包換的男子漢大丈夫。」

「無疑的，他曾經上過你所謂的高尚學校。幸好我是外國人，不受這種偏見的束縛，能夠比較客觀地進行調查。不過我也承認，很難發現查林傑中校跟這些事情有什麼關係。事實上，我現在還看不出他有什麼嫌疑。」

「他當然不會有嫌疑。」我熱心地說。

白羅若有所思地看著我。

「你對我的影響真是不可小覷，海斯汀，你有一種專門把事情搞錯方向的本事，連我也幾乎跟著你錯下去。你是一個完完全全值得敬佩的人，忠實可敬，容易受騙，可以被任何惡棍矇騙。你是那種會把錢投資到可疑的油田和根本不存在的金礦上的人。而那些騙子就是靠著成千上百像你這樣的人維生。啊，這樣看來，我得好好研究查林傑中校才是，你喚起了我的疑心。」

「我親愛的白羅，」我不禁氣憤地喊了起來。「你簡直在胡言亂語！像我這樣一個跑遍全世界的人——」

「是啊，卻從不汲取教訓。」白羅悻悻然地說，「這雖然奇怪，卻正是事實。」

「要是我真像你說的是容易受騙的傻瓜，我怎麼會在阿根廷有成功的事業呢？」

「別發火，我的朋友，你的確很有成就——你和你妻子。」

「貝拉，」我說，「總是根據我的判斷行事。」

「她的聰明跟她的芳容一樣出色，」白羅說，「我們別爭了，朋友，看，前面就是巴克利小姐說過的車行。只要進去問幾個問題，很快就能知道真相。」

我們走了進去。白羅說是巴克利小姐介紹他來的。他問了幾個有關租車的問題之後，很自然地把話題轉到不久前巴克利小姐車子受損的事情上。

車行老闆立即多話起來，那是他見過最不尋常的故障。他繼續談到技術上的問題。我不懂機械，我猜白羅比我更不懂。不過有些事實確實很清楚了。汽車被人動過手腳，破壞的方式十分簡單，要不了幾分鐘。

「所以確是如此。」我們走出車行時，白羅說，「小妮可沒有說謊。而那有錢的賴哲瑞先生錯了。海斯汀，我的朋友，這一切真是非常有趣。」

「現在我們該做什麼呢？」

「如果不太遲的話，我們到郵局去發個電報。」

「電報？」我滿懷希望地說。

「沒錯，」白羅若有所思說，「電報。」

郵局還沒關門。白羅擬好電稿發出去，他沒有告訴我電報的內容。我想他是要我主動問他，但我偏偏不問。

「不巧明天是星期天，」當我們踱回旅館去的時候，白羅說，「在星期一早晨之前我們無法去拜訪維士先生了。」

「你可以上他家去呀。」

「當然。不過我不急。我寧願就專業問題跟他討論，從這個角度來判斷這個人。」

「對，」我想了想說，「我覺得這個辦法很好。」

「有個問題很簡單，但是很有參考價值。如果今天中午十二點半查爾斯・維士在他辦公室裡，那麼在皇家旅館開槍的人便不是他。」

「我們是否該查證旅館那三個人的不在場證明？」

「那不容易，他們當中任何一人可以隨便離開其他人，從無數的窗戶——休息室、吸菸室、客廳或者寫字間，一眨眼就來到必經之路上，開了槍又立刻跑回去。不過我的朋友，在這齣戲中，目前我們甚至還沒有能力列出『出場人物表』。是有一位可敬的愛倫，和她那位我們還未見過的丈夫。他們和那幢房子都很親近，也可能暗中懷恨妮可；還有住在門房小屋裡我們並不認識的澳大利亞人；也可能還有其他人，像妮可的什麼親戚朋友等等。妮可自以為他們完全可信，所以沒有對我們提起。我總覺得，海斯汀，在這一切背後一定有某項還未浮出檯面的線索。我有個小小的想法，巴克利小姐知道的比她告訴我們的要多。」

「你認為她有所保留？」

「是的。」

「或許她想保護什麼人？」

白羅大搖其頭。

「不，不，到目前為止，她給我的印象是坦率直爽的。我相信，在有人企圖取她性命的這些事故上，她把所知道的全告訴了我們。但是還有別的……別的一些她相信跟案子毫不相關的事。我就想知道這些貌似無關的事情。因為我——我盡可能謙虛些——要比那個黃毛丫頭遠為高明。我，赫丘勒．白羅，可以看出她所看不到的關聯，我可以從中得到線索。可是現在我極坦率而謙卑地告訴你，海斯汀，我實在一點頭緒都沒有。在我能夠找到一線邏輯之前，一切都處在夜幕之中。一定還有什麼——在這案中我還沒抓住的因素。到底是什麼呢？我要查下去，一定要查出我所不知道的究竟是什麼。」

「你會成功的。」我給他鼓勵。

「但願不會為時太晚。」他陰鬱地說。

05 克夫特夫婦

那天晚上旅館裡有個舞會。妮可．巴克利和她的朋友們共進晚餐，見到我們，她容光煥發地打了個招呼。

她穿著石榴紅的薄紗舞裙，裙裾拖在地上，露出雪白的頸項和圓滑的雙肩，上面是一顆漫不經心的小黑腦袋。

「迷人的小妖精。」我評論說。

「跟她的朋友正好是個對照，呃？」

弗雷蒂．萊斯穿著白色舞衣。她舞姿優雅慵倦，與妮可的活潑生動迥然相異。

「她真美。」白羅突然說。

「誰？我們的妮可？」

「不，另外一個。她是個惡魔嗎？還是好人？或者只是性情抑鬱？無法說得上來，她是個謎。也或許她什麼都不是。不過我告訴你，我的朋友，她可是個火引喔。」

「你是什麼意思？」我好奇地問。

他微笑著搖搖頭。

「你遲早會感覺到的，記住我的話就好。」

稍後，出乎意料地，他站了起來。妮可正和喬治．查林傑在跳舞，弗雷蒂與賴哲勒剛剛停下來，坐回桌旁。賴哲勒才坐下又站起身離去，萊斯太太一個人坐在那裡。白羅直接向她走去，我在後面跟著。

他的方法直截了當。

「可以嗎？」他把手放在椅背上，然後坐了下去。「我迫不及待想趁你朋友跳舞時跟你講句話。」

「請吧，」她的聲音顯得冷淡、不感興趣。

「太太，我不知道你朋友是否已經對你講過這事。如果還沒有，就讓我來講吧：今天，有人想謀害她。」

她那雙灰色的大眼睛因為驚訝和恐怖而睜得更大了，她的瞳孔，那膨脹的黑瞳孔也擴張開來。

「你指的是什麼？」

「有人藏在這家旅館的花園裡朝巴克利小姐開槍。」

她突然笑了，一種文雅的、憐憫的、難以置信的笑。

「是妮可告訴你的？」

「不，太太，是我碰巧親眼看見的。這就是那顆子彈。」

他將子彈遞給她時，她往後一縮。

「可是，可是——」

「這並不是那位小姐的想像力在作祟，我敢保證，這種事已不只這一回，過去幾天還發生過好幾件非常奇怪的事故。你可能已經聽說了——哦，不，你可能沒有聽說過，因為你是昨天才來到這裡的，不是嗎？」

「是的——昨天。」

「在那之前，我想，你住在朋友家裡，在塔維士托克。」

「對。」

「我想知道，太太，跟你在一起的那些朋友叫什麼名字。」

她揚起眉毛，冷冷地問：「我有什麼理由該告訴你？」

白羅立即顯出一副天真無邪的驚訝相。

「太抱歉了，太太，我真是笨拙，不過我有些朋友在塔維士托克，我想，你可能在那兒見過他們……他們當中有一個叫布坎南。」

萊斯太太搖搖頭。

「沒有印象。我想我不可能遇見他們。」現在她的口氣相當真誠，「別再提這些無聊的人吧，還是談談妮可。誰向她開槍？為什麼？」

「我也不知道是誰——還不知道，」白羅說，「不過我會查出來的。嘿，是的，我會查出來的，我是，你知道，一個偵探。赫丘勒．白羅是我的姓名。」

「這是個無人不知的名字。」

「太太過獎了。」

她緩緩地說道：「那麼，你要我做什麼呢？」

這一點我和白羅都感到意外，沒料到她竟會這麼說。

「我想請你，太太，照看好你的朋友。」

「我會的。」

「就這樣了。」

他站起來很快地一鞠躬，我們回到座位上。

「白羅，」我說，「你怎麼把手中的牌全亮了出來？」

「我還能怎麼做呢，我的朋友？這樣做也許不夠高明，卻很安全。我不能冒險，反正現在有件事已經很明顯了。」

「什麼事？」

「前幾天萊斯太太不在塔維士托克。她在什麼地方呢？啊，我會搞清楚的。要瞞過赫丘勒・白羅談何容易。看，美男子賴哲勒回來了，她正把剛才的事告訴他呢，他在朝我們看。他很聰明，那小子，注意看他頭顱的形狀。啊，我真希望我已經知道——」

「知道什麼？」見白羅沒有了下文，我這樣問。

「知道星期一我就會知道的事。」他轉過身來含糊地說。

我看著他，一聲不吭。他嘆了口氣說：「你不再有好奇心了，我的朋友。在以往……」

「有某種樂趣，」我冷冰冰地說，「你還是不要追求的好。」

「你指的是——」

「拒絕回答問題的樂趣。」

「啊，原來你是故意不問的。」

「沒錯！」

「哦，好吧，好吧，」白羅無可奈何地說，「我是愛德華時代，小說家所喜愛的那種堅強而寡言的男子呀。」

他眼睛閃爍著往日的光芒。

不久後，妮可從我們桌旁走過。她離開了她的舞伴，像一隻五彩繽紛的快樂鳥兒突然飛向我們。

「在死亡邊緣翩翩起舞。」她輕快地說。

「這是個嶄新的感受吧，小姐？」

「對呀，怪有趣的。」

她向我們揮了揮手又飄然而去。

「我真希望她沒說那句話。」我慢慢地說，「『在死亡邊緣翩翩起舞』，我不喜歡。」

「我知道，這句話太接近事實了，這小傢伙倒真有點勇氣。沒錯，她是有勇氣。但不幸的是，現在她所需要的不是勇氣，而是謹慎——一點都不能出差錯！」

隔天是星期天。我們坐在旅館前的陽台上。大約十一點半時白羅突然站了起來。

「來，我的朋友。我們來進行一次小小的實驗。我很確定賴哲勒先生和那位太太已經開車出去了，而且妮可小姐也跟他們在一起。現在是個好機會。」

「什麼機會？」

「你來了就知道。」

我們走下台階，穿過一小片通往海邊的草地。

有一對泳者正從海那邊走來，他們說笑著跟我們擦肩而過。

他們走掉之後，白羅走到一扇不顯眼的小門。鉸鏈有點生鏽了，門上倒還能認出幾個字：「懸崖山莊，私人產地」。四周看不見任何人影，我們悄悄地走了進去。

一分鐘後我們便來到房子前面的草地上，附近沒有任何人。白羅走到峭壁邊張望了一番，然後向那幢房子走去。走廊上的法國式窗門正敞開著，我們直接走進客廳，白羅沒在客廳停留。他打開門進到大廳，在那裡登上樓梯，我一直跟著他，白羅直接走進妮可的臥室，在床沿上坐了下來，兩眼發亮，向我點頭。

「瞧，我的朋友，多簡單哪！沒有人看見我們來，也沒有人會看見我們走。我們可以放心地做任何我們想做的事情。比方說，我們可以割裂畫像上的繩子，讓它在幾小時後突然斷掉。而且假設不巧有人在房子前面看見我們進來，那我們也有完全合理的藉口——誰都知道我們是這戶人家的朋友呀！」

「你認為做案的不是陌生人？」

「我就是這個意思，海斯汀。這件事不會是個迷路的精神病患幹的。我們必須把注意力集中在這個家庭的周圍。」

他轉身離開房間，我跟隨著他，誰也沒有說話。我想，我們都覺得有些事情需要好好地想一想。

然後，在樓梯轉彎處，我們倆猛然停住了。一個男人正拾階而上。

他也停住了。他的臉在陰影裡看不清，但他的舉動卻說明他也受了驚。他先開口，用威脅的語氣大聲說道：「我倒想知道，你們究竟在這裡幹什麼？」

「啊！」白羅說，「先生——我想您是克夫特先生吧？」

「正是。可是——」

「我們到客廳去談談好嗎？這樣可能會好些，我想。」

那人後退了一步，陡地轉過身向樓下走去。我們跟在後面。進了客廳，關上門後，白羅向那人微微鞠躬，說：「我來自我介紹。我是赫丘勒．白羅，請您指教。」

那個人臉色明朗了一些。

「噢！」他緩慢地說，「你就是那位偵探。我讀過描寫你的文章。」

「在《聖盧先鋒週報》上嗎？」

「呃？我還在澳大利亞時就看過了。你是個法國人，對不對？」

「比利時人，但這無妨。這位是我的朋友，海斯汀上尉。」

「很高興見到你們。不過，這是怎麼回事？你們到此地有何貴幹？出了什麼事？」

「這要看你怎樣解讀『出事』這個詞了。」

澳大利亞人點點頭。儘管上了年紀禿了頭，但他仍然相貌堂堂。他的體格健壯，那張多肉的臉，下顎比上顎突出，是一張粗糙的臉，我自己這樣認為。他最引人注目的就是那雙銳利的藍眼睛。

「你們知道，」他說，「我是來給巴克利小姐送黃瓜和番茄。她那個園丁很沒用，是個懶骨頭，什麼也不種，孩子的媽和我真是看不下去。鄰居之間總該互相照應才是！我們種的番茄吃不完。鄰居就該和睦相處，你們不認為嗎？我像平時一樣從那扇落地窗進來，把籃子放在地上。正要轉身回去，聽見樓梯上有腳步聲，還有男人說話的聲音，不由得心生疑惑。雖說這一帶不大有小偷，但畢竟還是有可能，我想我最好還是確定一切都沒事。然後我就碰見你們兩個在下樓梯，讓我嚇了一跳。現在你說你是那個名偵探，這究竟是怎麼回事？」

「很簡單，」白羅笑著說，「那天夜裡，巴克利小姐受了驚。一幅畫掉下來砸在她的床頭。她可能對你說起過了。」

「是的，一次非常驚險的死裡逃生。」

「為了安全起見，我答應幫她帶一根特殊的鏈條——這種事可絕對不能再發生第二次，是吧？她對我說今天上午她要出去，叫我來量一量鏈條需要多長，如此而已，很簡單。」

白羅天真得像個孩童似地攤開雙手，臉上堆滿了他最拿手的迷人笑容。

克夫特鬆了口氣。

「只是這麼回事？」

「是的，你受了一場虛驚。我和我的朋友都是守法良民。」

「昨天我是不是看過你們？」克夫特說，「那是昨天傍晚。你們走過我們的小屋子。」

「啊，沒錯，那時你在園子裡做事，還在我們經過時向我們道午安。」

「是的。想不到，真想不到你就是我久聞大名的赫丘勒·白羅先生。請問白羅先生，你可有空？如果你不忙，我很想請你現在跟我回去喝杯早茶——澳大利亞式的。我想讓我老婆也見見你。她在報紙上看過一切有關你的事。」

「你太客氣了，克夫特先生，我們很高興有此榮幸。」

「太好了。」

「你已量好鏈條的精確長度了嗎？」白羅轉身問我。

我說我早已量好，於是我們就和這位新朋友一起離去。

克夫特很健談，我們很快就感覺到這一點。他談起墨爾本附近他的家、他早年的奮鬥、他與太太的相識、他們的同心協力，以及他最後的好運和成功。

「我們立即決心出外旅行，」他說，「我們一直想回到這個古老的國家，看看能不能找到我妻子的親戚——她的老家就在聖盧這一帶。可是我們一個也沒找到。然後我們就到歐洲去旅行：巴黎、羅馬、義大利的湖泊地區、佛羅倫斯等等，我們都去過。在義大利一次鐵路事故中，我可憐的妻子受了重傷，真慘，不是嗎？我帶著她遍訪名醫，但他們眾口一辭，都說無法可想，只能讓時間來治療，也就是長時間地臥床休息。她傷了脊椎骨。」

「真是太不幸了！」

「運氣真背，對不對？但有什麼辦法！她只有一個想法，就是回到這裡來。她覺得如果我們能有一個自己的小天地，一幢小房子，一切都會大大改觀。我們去看過許多外表亂糟糟的簡陋木屋。後來總算運氣好，找到了這座小房子，它又端正又安靜，與世隔絕，沒有汽車經過或是鄰居的留聲機喧鬧聲。我馬上就租了下來。」

說完最後一句話，我們已經來到了小木屋。他學起鳥叫來。「咕咿！」

裡面也應了一聲。「咕咿！」

「進來吧。」克夫特先生說。

進門以後上了一段小樓梯，我們就來到一間舒適的小臥室。一張長沙發上躺著一位發胖的中年婦人。她有一頭灰撲的頭髮，笑起來很甜。

「你猜這位是誰，孩子的媽？」克夫特說，「世界聞名的偵探赫丘勒・白羅先生。我把他帶來跟你聊聊天。」

「這真叫我高興得不知怎麼是好了，」克夫特太太喊道，熱情地和白羅握了手。「我看過藍色列車那個案子的報導。那時幸虧你也在那列火車上。我還從報上看過你偵辦的許多其他案件。由於脊椎的毛病，我可以說是讀遍了所有的推理小說，沒有比這更好的消遣了。伯特，親愛的，叫伊迪絲把茶端上來。」

「好的，孩子的媽。」

「伊迪絲算是個隨身護士。」克夫特太太解釋說，「她每天上午來照料我。我們不喜歡請傭人。伯特自己就是個一流的廚師，在料理家務方面更是沒人及得上他。這些事情加上外面那個小花園，就夠他忙的了。」

「來吧，」克夫特先生托著茶盤再度出現，「茶來了，孩子的媽，今天是我們生命中的大日子啊。」

「我想你目前大概是住這裡吧，白羅先生？」克夫特太太問道，支撐起身子來倒茶。

「啊，是的，太太，我來這兒度假。」

「可是我確實看過你已經退休的報導——說你開始要永遠度假下去。」

「噢！太太，你可不能輕易相信報紙說的。」

「嗯，倒也是。這麼說你還在繼續辦案？」

「當我遇到感興趣的案子時。」

「你來這裡當然不是為了工作吧？」克夫特先生精明地問，「說度假可能只是個藉口。」

「別問這種叫人難堪的問題，伯特，」克夫特太太說，「否則以後他就不肯再來了。我們是單純的人，白羅先生，你今天來，給了我們很大的面子，我是說你和你的朋友。你不知道，你給我們帶來多大的樂趣。」

她的感激之情是那麼自然坦率，我不由得感到十分親切。

「那幅畫掉下來可不是件好事。」克夫特先生說。

「那可憐的小女孩差點被砸死。」克夫特太太感觸深刻地說，「她是一個精力充沛的女孩。當她住在這裡時，這裡就顯得生氣勃勃。我聽說鄰居們不大喜歡她。不過英國這些封閉的地方就是這樣。他們不喜歡生龍活虎般的女孩，難怪她不常來住。她那個長鼻表哥是別想說服她永遠在這裡安頓下來——呃，我不知該怎麼說。」

「別在人家背後說長道短，米莉。」她丈夫說。

「啊哈，」白羅說，「無風不起浪，相信太太的直覺吧！這麼說，查爾斯・維士先生愛上了我們那位小朋友？」

「他癡癡地愛著她，」克夫特太太說，「可是她不會嫁給一個鄉下律師。這點可不能怪她，因為他是個可憐蟲。我希望她嫁給那個善良的海員——叫什麼來著？查林傑。他年紀比她大又何妨？許多時髦的婚姻比這差多了。安定下來，這就是她需要的。現在她到處飄蕩，甚至跑到歐洲去，不是單槍匹馬，就是跟那個怪怪的萊斯太太結伴同行。巴克利小姐是位可愛的女孩，白羅先生，這點我知道得很清楚。但我為她捏把冷汗。近來她看起來不大高興，那副模樣像是失魂落魄，真叫我擔心！我有理由要關心她，對不對，伯特？」

克夫特先生有點突然地從椅子上站起來。

「說這些幹什麼，米莉，」他說，「白羅先生，不知道你們是否有興致看一些澳大利亞的照片？」

接下來的事就沒什麼好提的了。十分鐘後我們告辭了。

「好人，」我說，「純樸謙遜，是典型的澳大利亞人。」

「你喜歡他們？」

「難道你不喜歡？」

「他們很熱情，很友善。」

「不過怎樣呢？我聽得出這句話後頭還有個『不過』。」

「他們，好像太過『典型』了，」白羅若有所思地說，「裝鳥叫，又堅持給我們看那些照片，這是不是表演得太徹底了？」

「你這個疑心鬼！」

「你說對了，我的朋友，我對什麼都懷疑。我很擔心，海斯汀，十分擔心。」

06
訪維士先生

白羅堅持要吃歐式早餐。他總是說，看見我吃培根和蛋就很難受。他的早點照常在床上吃，是咖啡加上小圓麵包。而我依然自由自在地享受傳統英式早餐：臘肉、雞蛋和桔子醬。

星期一早上我下樓時，朝他房裡看了一眼，他正坐在床上摺疊著一件非常漂亮的睡衣。

「早安，海斯汀。我剛想按鈴叫人請你過來。我寫了張便條，你是否可以馬上到懸崖山莊去一趟，把它交給巴克利小姐本人？」

我接過那張便條。白羅看著我嘆了口氣，說：「要是——要是，海斯汀，要是你把頭髮中分，而不是像現在這樣旁分，你的尊容必定會生色不少。還有，你的鬍子，如果你真的要留鬍子，就得留像樣一點——像我的鬍子，這麼美。」

我忍住沒對他的想法表示反駁，趕快收好便條離開了他的房間。

當有人傳話說巴克利小姐要找我們時，我已經和白羅一起坐在他的客廳裡了。白羅讓那人帶她進來。

她一臉歡喜地走了進來，不過我留意到她的黑眼圈顏色又更深了。她把一封電報遞給了白羅。

「喏，」她說，「我希望這會讓你高興！」

「『今天下午五點三十分到達。瑪姬。』」白羅大聲唸道。

「我的看護兼警衛要來了。」妮可說，「可是你錯了，你知道。瑪姬是個沒頭腦的人，只能做做慈善工作，而且從來聽不懂笑話。要發現暗藏的凶手，弗雷蒂比她強十倍，就連吉姆·賴哲勒也比她強。我總覺得沒有誰摸得透吉姆的底細。」

「查林傑中校呢？」

「哦，喬治！除非事情在他眼前發生，否則他根本看不出什麼來。不過一旦他看出來，對手就有苦頭吃了。像他這樣的人在攤牌時，倒還能派上用場。」她脫下帽子繼續說：「我已經關照過了，你便條裡寫的那個人要是來了就讓他進屋子去。這件事好像怪神祕的。他是來安裝竊聽器之類的東西嗎？」

白羅搖搖頭。

「不，不，與防衛措施無關，只是一個非常簡單的小想法，小姐，有些事情我想知道一下罷了。」

「噢，好吧，」妮可說，「這很好玩，不是嗎？」

「你說呢，小姐？」白羅柔聲地反問。

她背朝我們站了一分鐘，看著窗外。然後又轉過身來，臉上那種玩世不恭的勇敢表情全沒了，她像小孩一樣癟起了嘴，竭力忍住不讓淚水奪眶而出。

「不，」她說，「這真的不好玩。我怕——我很害怕，簡直是生活在恐怖之中。以前我總以為自己是勇敢的。」

「你是勇敢的，我的孩子，你是的。海斯汀和我都佩服你的勇氣。」

「這是真的。」我熱心地補充說。

「不，」妮可搖著頭，「我並不勇敢，只是在等待。一直在等會不會又發生什麼事，還有它會怎麼發生，並且期待它趕快發生。」

「是的，是的，這是很恐怖。」

「昨天晚上我把床拉到房間中央，關上窗戶鎖上門。今天早上我到這裡時走的是大馬路，我不敢——我就是不敢穿過花園。所有的勇氣好像突然間全消失了。這件事已經變得比其他事都來得重要。」

「你指的是什麼，小姐？『比其他事都來得重要』？」

她回答前沉默了片刻。

「我舉不出具體的例子。我想，這大概就是報紙上常說的『現代生活的緊張』吧。喝了太多雞尾酒，抽了太多菸，這一類的事。可以說我已經落入一種荒謬的處境了。」

她一屁股坐進一張沙發裡，小手指頭緊張地互相絞在一起又鬆開。

「你對我不夠坦白，小姐，你還有些事情沒告訴我。」

「不——我全說啦，真的。」

「有些事情你沒告訴我。」

「哪怕是最微不足道的細節，我都告訴你了。」她說得很認真誠懇。

「關於那些事故、那些襲擊你的事，你確實是全說出來了。」

「那麼，還有什麼呢？」

「可是你沒把心裡的一切，生活中的一切都和盤托出。」

她遲疑地說：「這，難道有人能辦到嗎？」

「啊，你瞧，」白羅勝地利說，「你承認了！」

她搖搖頭，白羅眼神銳利地注視著她。

「或許，」他狡猾地暗示說，「並不是你自己的祕密？」

我似乎看到她眼皮跳了一下，但幾乎是同時間，她從椅子上彈了起來。

「確確實實，白羅先生，我已經把這些蠢事的一切細節都告訴你了。如果你認為我還知道其他人的什麼隱私，或者我懷疑誰，那你就錯了。正因為沒有人可以懷疑，才讓我幾乎要發瘋。我不是個傻瓜，如果說這些『意外』並不是意外的話，那麼一定是某個非常接近我、某個認識我的人策畫的。這就是恐怖之處，因為我一點都想不出、我完全都不知道，這個人可能是誰。」

她又走到窗口，站在那裡朝外看。白羅打了個手勢叫我別作聲。我想他希望趁那位小姐控制不住自己的時候，多得到一些進一步的線索。

當她再度開口說話時，她的語氣改變了，是一種夢囈般遙遠的聲音。

「你知道我常有一種古怪的想法嗎？我愛懸崖山莊，總想在那裡編排一齣戲，那地方有一種戲劇性的氣氛，我在心裡設想過各種各樣的戲劇在那裡上演。而現在，懸崖山莊裡真的在進行一齣戲，只不過不是由我導演的——我就在戲裡，就是戲中人！我也許就是……在第一幕就要死去的角色。」

她哽住說不下去了。

「好了，好了，小姐，」白羅敏捷輕鬆地說，「這不會發生。這只不過是一種歇斯底里的想法罷了。」

她轉過身來，目光銳利地盯住白羅。

「是弗雷蒂說我歇斯底里？」她問道。「有時她會這麼說。但她的話你不能全信。有時候，你知道，她根本不知道自己在說些什麼。」

談話中止了一會兒，然後白羅提出一個完全不相關的問題：「告訴我，小姐，有沒有人開價想買懸崖山莊？」

「你是說，要我賣掉它嗎？」

「我正是此意。」

「沒有。」

「如果有人出了個好價錢，你會考慮賣掉它嗎？」

妮可考慮了一會兒之後說：「不，我想我不會賣。除非價錢高得離譜，到了只有傻瓜才不想賣的程度。」

「沒錯。」

「我不願意賣，你知道，因為我喜歡它。」

「沒錯，我能理解。」

妮可慢慢向門口走去。

「還有件事。今天晚上放煙火，你來不來？八點吃晚飯，煙火九點半開始。從俯視碼頭的花園看下去，煙火真是燦爛極了。」

「我很有興趣。」

「當然，是請你們兩位都來。」妮可說。

「非常感謝。」我說。

「只有宴會才能使我的精神振作起來。」說完之後，妮可笑著出去了。

「可憐的孩子。」白羅說。

他伸手拿起帽子，小心翼翼地彈落帽子上的一點灰塵。

「我們要出去？」我問。

「是呀，我們有些法律方面的問題要去請教某個人，我的朋友。」

「哦，我明白了。」

「一個像你這樣絕頂聰明的人是不會不明白的，海斯汀。」

「維士、雀維敏和威納德律師事務所」在鎮裡的主要街道上。我們爬上樓梯走進二樓的一個房間裡，有三個職員正忙著寫東西。白羅要求會見查爾斯·維士先生。

一位職員拿起電話說了幾句，看樣子得到了肯定的答覆，於是他對我們說，維士先生現在可以接待我們。他帶著我們穿過走廊，在一扇門上輕輕地敲了敲，然後閃到一旁，讓我們進去。

維士先生從一張堆滿文件的大辦公桌後面站起來迎接我們。

他是個高個子的年輕人，臉色蒼白，表情冷靜，戴著眼鏡，額角微禿，神色彬彬有禮，但有點莫測高深。

白羅對這次會見早有準備。他說幸好他隨身帶著一份沒簽過字的合約，所以想提出幾個技術性的問題向維士先生請教。

維士先生的措辭謹慎準確，很快就解答了白羅的疑問。他還為白羅澄清了一些詞義上含糊不清的地方。

「你真幫了我一個大忙，」白羅喃喃地說，「你知道，對一個外國人來說，這些法律事務及專業用詞非常令人難懂。」

這時維士問起是誰介紹白羅到他這裡來。

「巴克利小姐，」白羅馬上說，「你的表妹，對吧？一位嬌媚無比的女孩。我無意間跟她提起我的困擾，於是她就讓我來找你了。我星期六中午來找過你——大約十二點半，不過你出去了。」

「是的，我記得。星期六那天我很早就離開辦公室了。」

「你表妹一定覺得住那麼大一幢老房子很寂寞吧？據我所知，她是自己一個人住。」

「是的。」

「恕我冒昧，維士先生，請你告訴我那塊土地有沒有可能賣人？」

「絕不可能，我可以說。」

「你知道，我並不是隨便問問，我有我的理由。我正在到處尋找這樣一塊土地。聖盧的氣候對我十分適宜。那所房子看上去多年失修是真的，我猜她在這方面沒花多少錢處理。在這種情況下，難道巴克利小姐不會考慮賣掉它？」

「一點可能也沒有，」查爾斯．維士極其堅決地搖搖頭。「我表妹十分鍾愛那幢房子。我知道任何東西都無法引誘她賣掉那塊土地。那是個祖宅，你知道。」

「這個我知道，不過——」

「這件事門兒都沒有。我了解我表妹。她愛那幢房子愛得發狂。」

幾分鐘後，我們又走在街上了。

「我的朋友，」白羅說，「這位查爾斯．維士先生給你的印象如何？」

我考慮著。

「是個持否定態度的人，」我終於說，「很奇怪地老是唱反調。」

「你大概還會說他的個人特色不強吧？」

「正是如此。是那種你以後再遇到他時，便記不起曾經在哪裡見過他的人，一個普普通通的人。」

「他的外表確實很難給人留下什麼印象。你覺得他的談話有沒有什麼誇張的地方？」

「有的，」我緩緩說道，「我有注意到，在他提到出賣懸崖山莊一事時。」

「對極了！你會把巴克利小姐對懸崖山莊的愛說成是『愛得發狂』？」

「這種說法太誇張了。」

「是的。而且維士先生不會是說話誇張的人。他的正常態度——法律從業人員的態度——應當是有所保留而不是誇大其詞。可是他卻形容小姐對那棟祖宅愛得發狂。」

「她今天早晨並沒有給我這樣的印象。」我說，「她講得合情合理。顯然她只不過是喜歡那個地方而已，換作任何人也會和她一樣，僅此而已。」

「所以，事實上，他們兩個人有一個說了假話。」白羅若有所思地說。

「人們不會懷疑維士說謊。」

「很顯然，如果要說謊，他可是具有相當大的優勢。」白羅說，「是的，他頗有喬治・華盛頓之風。海斯汀，你有沒有留心到另一件事？」

「什麼事？」

「星期六十二點半，他不在辦公室裡。」

07 慘遭不測

那天晚上在懸崖山莊，我們碰到的第一個人是妮可。她正穿著一件做工精細、繡滿飛龍的日本和服，在大廳裡跳舞。

「噢！怎麼只有你們！」

「小姐，這樣說可傷了我的心。」

「我知道，這話聽起來太無禮。不過你知道，我正在等他們把我的禮服送來。他們保證過，這些傢伙！還信誓旦旦呢！」

「噢！只不過是打扮的問題！今晚有個舞會對不對？」

「對，看完煙火之後我們都會去參加——我是說，我想我們『全部』都會去。」她的聲音突然低沉下來，但下一分鐘她又笑了。「永不屈服！我的座右銘是：『只要不想，麻煩就不來』。今天晚上我的勇氣又恢復了，我要痛痛快快地享受人生。」

樓梯上有腳步聲，妮可轉過身去。

「哦，瑪姬來了。他們就是保護我不被祕密殺手殺掉的偵探。把他們帶到客廳，讓他們告訴你這一切吧。」

我們跟瑪姬．巴克利小姐握了手，然後她就按照妮可的吩咐，把我們領進了客廳，我立即對她有了好感。

我想也許是她嫻靜的外表吸引了我。她是個文靜的女孩，具有老式的美感，而且確實看來不太機靈。她的臉上毫無化妝，穿一件樸素陳舊的黑色禮服，她有一雙坦率的藍眼睛，說起話來嗓音圓潤婉轉。

「妮可告訴我那些叫人驚訝的事情，」她說，「她應該是誇大其詞吧？誰會想去傷害妮可？在這個世界上她不會有任何仇敵的。」

從她說話的聲調聽得出，她對此事表示極大的懷疑。從她的眼光也看得出，她對白羅並未那麼奉承恭維。我深知對瑪姬．巴克利那樣的女孩來說，外國人總是可疑的。

「但是，巴克利小姐，我向你保證，這一切都是真的。」白羅心平氣和地說。

她沒說什麼，卻仍然滿臉狐疑。

「今晚妮可像是中了邪似的，我不知道她是怎麼搞的，那樣興奮異常。」

那句「中了邪」使我哆嗦了一下。她的語氣也叫我大為不安。

「你是蘇格蘭人嗎，巴克利小姐？」我忽然問道。

「我母親是蘇格蘭人。」她解釋道。

我注意到她看我要比看白羅來得順眼。我覺得由我來陳述這件事，會比白羅在她心中更有分量。

「你堂姐很有勇氣，」我說，「她決定像往常一樣生活。」

「也只能這樣了，不是嗎？」瑪姬說，「我的意思是，不管內心的感受是什麼，大驚小怪是沒有好處的，只會叫旁人跟著難受。」停了停，她又柔聲說：「我喜歡妮可，她對我一直很好。」

這時弗雷蒂．萊斯飄然而至，我們也就沒能再說什麼了。她穿一件畫像裡聖母常穿的藍色禮服，看起來羸弱無力，後面跟著賴哲勒。接著，妮可也踩著舞步進來。她穿一件黑色禮服，肩上圍著一條美麗的舊式中國披肩，顏色鮮紅，十分醒目。

「好啦，諸位，」她說，「來點雞尾酒怎樣？」

於是我們喝起酒來。賴哲勒向妮可舉起酒杯。

「這的確是一條少見的披肩，妮可。是舊東西嗎？」

「是的。是曾曾叔公迪莫西出門旅行時帶回來的。」

「美得很，古色古香的美。你找不到能跟它匹配的東西。」

「它很暖和，」妮可說，「在看煙火的時候會很有用。而且這種顏色叫人快活。我……我不喜歡黑色。」

「是呀，」弗雷蒂說，「妮可，我不認為我以前看過你穿黑色衣服。咦，為什麼你穿起黑色衣服來了？」

「我、我不知道！」那女孩負氣地走到一旁。我看見她的雙唇古怪地扭曲了一下，像是一陣痛楚。「為什麼一個人做什麼事都要有理由？」

我們進餐廳吃晚飯。出現了一個神祕的男僕——我猜是為了這次請客而臨時雇用的。晚飯的食物普普通通，但香檳酒卻是不錯。

「喬治還沒來，」妮可說，「昨晚他得趕回普利茅斯，真叫人掃興。我希望他今天晚上會趕到，至少能趕上舞會。我給瑪姬找了個男伴。外表還算過得去，只是人不夠風趣。」

窗外隱約傳來一陣馬達喧囂聲。

「嗨，這些該死的快艇，」賴哲勒說，「簡直討厭透頂！」

「那可不是快艇，」妮可說，「那是水上飛機。」

「我想你說得沒錯。」

「當然不會錯，那聲音相當不同。」

「妮可，你什麼時候去買一隻這種大飛蛾？」

「等我發了財吧。」妮可大笑起來。

「那時候，我想，你會飛到澳大利亞去，就像那個女孩一樣——她叫什麼名字？」

「我會樂於——」

「我對她佩服得五體投地，」萊斯太太用困倦的聲音說，「多堅強啊，而且完全靠自己的力量。」

「我欽佩這些飛行員，」賴哲勒說，「如果邁克．塞頓這次環球飛行成功，馬上就會成為當今的英雄，而且理當如此。可惜他遇難了。像他這樣的英雄，英國是損失不起的。」

「他可能還活著。」妮可說。

「不會的，他生還的機會只有千分之一，可憐的瘋塞頓！」

「他們老是叫他瘋塞頓，不是嗎？」弗雷蒂問。

賴哲勒點點頭。

「他出生自一個相當瘋狂的家庭。」他說，「他的叔叔馬修．塞頓爵士是個瘋狂到極點的人，一個星期之前死了。」

「就是那個擁有許多鳥類保護地的瘋狂百萬富翁嗎？」弗雷蒂問。

「是的，他常常買下一些小島。他非常憎惡女人。我猜以前大概有女人拋棄他，然後他就投身生態保育以為補償。」

「你為什麼說邁克．塞頓死了？」妮可對這件事情鍥而不捨。「我不懂為什麼要放棄希望！」

「哦，你認識他，不是嗎？」賴哲勒說，「這我倒忘了。」

「去年我和弗雷蒂在托基見過他。」妮可說，「他對人有一種特別的魅力，對不對，弗雷蒂？」

「別問我，親愛的。他是你的戰利品，不是我的。我記得他載你飛過一次，不是嗎？」

「是的，在斯卡伯勒，真是太美妙了。」

這時，瑪姬用彬彬有禮的聊天口氣問我：「海斯汀上尉，你坐過飛機沒有？」

我告訴她，我的飛行經驗僅止於一次去巴黎的往返飛行。

忽然妮可叫了一聲跳起身來，說：「我得去打通電話。你們別等我，時間不早了。我約了許多人呢。」

她出去時，我看了看錶，正好九點。甜食和紅葡萄酒都送上來了。白羅和賴哲勒在大談藝術，賴哲勒發表高見，說現在藝術市場上繪畫成了票房毒藥。他們又談起家具和裝潢的新觀念。

我盡義務陪瑪姬談天，但這真是一件勞心費神的事。她很高興地回答，卻不主動開口，真是令人煞費腦筋。

弗雷蒂雙肘擱在桌子上，夢幻般地沉默坐著，手上的香菸升起一縷青煙，盤旋在她淡金色的頭髮周圍，看上去就像一個正在作夢的天使。

九點二十分，妮可從門外伸進頭來說：「出來吧，諸位，客人們成雙成對地光臨啦！」

我們順從地站了起來。妮可忙於歡迎新客，他們的人數約有十來個，大都是乏味的人。

我注意到妮可是個很出色的女主人。她收斂起那套輕浮的摩登派頭，而以老式的禮數讓客人賓至如歸。在這群客人中，我注意到了查爾斯．維士。

我們一起來到花園裡一個可以俯瞰大海和港口的地方，那兒預先放了幾張椅子給年紀大的人坐，但大多數人都站著看。這時第一道煙火直沖上天。

就在此時，我聽見一個熟悉的大嗓門。回頭一看，妮可正在招呼克夫特先生。

「太遺憾了，」她說，「克夫特太太不能和你一塊兒來。我們應當用個擔架或什麼的抬她過來看煙火。」

「可憐的媽媽命不好啊，但她總是逆來順受，從不抱怨——啊，這個好看！」

一道金黃色的煙火如雨般灑下。

這天夜裡很黑——沒有月亮，新月得三天以後才會出來——而且，像夏天的夜晚一樣，空氣裡帶點寒意。坐在我旁邊的瑪姬．巴克利冷得發抖了。

「我要進去拿件外套。」她輕輕地說。

「我去幫你拿。」

「不，你不知道那件衣服在哪裡。」

說著瑪姬轉身向房子走去，弗雷蒂在後面叫道：「喂，瑪姬，把我的也拿來，在我的房裡。」

「她沒聽見，」妮可說，「我去拿吧，弗雷蒂，我想換件皮毛外套，這條披肩不夠暖，風又這麼大。」

的確有股刺骨的寒風向海上吹去。

碼頭上又放起了煙火。我和旁邊一位年長的女士攀談起來。她問起我的生活、經歷、興趣、愛好，還問我在這裡打算待多久。

砰！又是一發煙火射上天空，濺得滿天都是綠色的星星。那些星星在空中變換色彩，一會兒藍，一會兒紅，一會兒又變成閃爍的碎銀。

煙火金波緊接再發。

「你聽，到處是『噢！』『啊！』的讚嘆聲。」白羅突然湊近我的耳朵說：「但我覺得愈來愈單調乏味了，你不覺得嗎？啊呀！草地把腳都弄溼了，我會得傷風的，而且這種地方大概連治傷風的藥都沒有！」

「傷風？這樣美妙的夜晚會叫人傷風嗎？」

「哼，美妙的夜晚！美妙的夜晚！你以為沒有滂沱大雨就算是良宵美景了？沒有下雨的時候，人們就說那是個美妙的夜晚。但是我告訴你，我的朋友，要是你現在有一枝小小的溫度計，你就會明白。」

「好吧，」我同意了，「我不反對去穿件外套。」

「你非常明理，畢竟你是從熱帶地區回來的。」

「我會幫你把外套也一起拿來。」

白羅像貓先抬起左腳，又抬起右腳。

「我怕我的腳已經弄溼了。你可有辦法找雙橡膠套鞋來？」

我強忍住笑說：「不可能。你總該明白，白羅，這種東西已經不生產了。」

「那麼我進屋子裡坐吧，」他說，「我才不願意為了看熱鬧而傷風感冒，說不定還會引來一場肺炎哩！」

我們向房子走去，白羅一路上還在憤憤地咕嚕著。碼頭那裡傳來一陣拍手叫好聲，一組煙火又沖上了天——我想那煙火的造形是一條船，還有「歡迎光臨」的字樣。

「我們在內心裡全都是個孩子，」白羅說，「什麼煙火、宴會、球賽，甚至還有魔術師——不管我們看得再仔細，他們都能騙過我們的雙眼——總能叫我們看得歡天喜地。可是我們到底看了些什麼？」

這時我一手抓住白羅的手臂，另一隻手把一樣東西指給他看。

我們離懸崖山莊約有一百碼。在我們面前，就在我們和那扇落地玻璃窗之間的地上，蜷曲著一個人，脖子上圍著那條鮮紅的中國披肩……

「我的天！」白羅低聲叫道，「我的天……」

08 索命的披肩

驚駭之中，我們一動不動地僵在那裡，雖然可能只有四十秒，卻像過了一個小時似的。

白羅甩開我的手走上前去，動作僵硬得像個機器人。

「出事了，」他喃喃地說，聲音裡帶著無法形容的痛苦。「儘管我一切小心提防，但還是發生了！啊，都怪我，我為什麼沒有更加小心地保護她？我應當預見得到，是的，完全預見得到。我一刻也不該離開她身邊呀。」

「別責備自己了。」我說，聲音像凝結在喉嚨裡似的，聽起來模糊不明。

白羅只是傷心地搖搖頭。他在屍體旁跪了下去。

而就在此刻，我們受到第二個驚嚇——我們聽到了妮可的聲音，清晰、快活。一會兒之後，在窗戶明亮的背景上出現了妮可黑色的身影。

「真抱歉，瑪姬，讓你久等了，」她說，「可是——」

她停頓下來，睜大眼睛看著眼前這個場面。

白羅猛然尖叫出聲，把草地上的屍體翻了過來。我屈身向前看，看見的是瑪姬全無生氣的臉。

下一分鐘妮可來到我們身旁，她尖叫了一聲！

「瑪姬——哦，瑪姬！不，這不可能……」

白羅仍在檢查屍體。終於，他慢慢地站了起來。

「她真的——她難道真的——」妮可的話聲中斷下來。

「是的，小姐，她死了。」

「這是為什麼？這是怎麼回事？誰會想要殺害她呢？」

白羅的回答迅速堅決。

「他們要殺的不是她，是你！他們因為那條披肩而搞錯目標。」

妮可突然放聲大哭。

「為什麼死的不是我？」她痛哭起來，「讓我吃這一槍多好，我寧可自己死掉。我不想活了！我會很甘願、高興、快樂地赴死！」

她瘋狂地揮舞雙臂，步履蹣跚，搖搖欲墜。我立刻伸手扶住她。

「把她帶進屋子裡去，海斯汀。」白羅說，「然後打電話找警察。」

「警察？」

「對，告訴他們有人被射殺了。你得陪著妮可小姐，絕對不要離開她。」

我點頭接受了他的指示，扶著這半昏迷的女孩穿過客廳的門進去。我把她安頓在一張長沙發上，在她頭下塞了個軟墊，然後急忙跑進大廳找電話。

我幾乎一頭撞上愛倫，因而嚇了一跳。她正站在那裡，溫順可敬的臉上有一種非常特別的表情。她兩眼發光，舌頭一再舔著乾燥的嘴唇，雙手因激動而不停顫抖。她一看見我，就馬上開口。

「先生，發生了——什麼事嗎？」

「是的，」我簡短地說，「電話在哪兒？」

「沒……沒出什麼差錯吧，先生？」

「出事了，」我迴避道，「有人受傷了。我必須打電話。」

「誰受傷了，先生？」她臉上有一種熱切的表情。

「巴克利小姐——瑪姬．巴克利小姐。」

「瑪姬小姐？瑪姬小姐？你能肯定嗎，先生？我是說，你確定是——瑪姬小姐嗎？」

「相當確定。怎麼啦？」

「哦，沒什麼。我……我還以為是另外一位。我以為可能是……萊斯太太。」

「對了，」我說，「電話在哪裡？」

「在這小房間裡，先生。」她替我開了門，把電話指給我看。

「謝謝。」我說。看見她躊躇不決，我又加了一句：「沒別的事了，謝謝你。」

「如果你想請格雷翰醫師……」

「不，不，」我說，「沒事了，你請便吧。」

她勉為其難地退了出去。她一定會在門外偷聽，但我又有什麼辦法呢？她終究會知道一切的。

我接通了當地警察局，向他們做了簡單的報告，然後又自作主張打了個電話給愛倫推薦的那位格雷翰醫師——電話號碼是在號碼簿裡查到的。就算他不能使躺在花園裡的那位可憐女孩起死回生，但總能讓躺在沙發上的那位不幸女孩平靜下來。醫師答應盡快趕到。我掛上電話來到大廳。

要是愛倫曾在門外偷聽的話，那她一定溜得極快，因為我走出小房間時，目光所及空無一人。回到客廳裡，妮可正想坐起身來。

「你——是不是可以幫我倒點白蘭地？」

「當然可以。」

我急忙走到餐廳倒了杯白蘭地給妮可。幾口酒下肚之後，她稍稍振作了一些，臉上也有了一點血色。我替她把枕頭下的軟墊擺正。

「這一切太嚇人了，」她顫抖起來。「每一件事情，每一個地方。」

「我知道，親愛的，我知道。」

「不，你不知道，你什麼都不知道。一切全是白費心機！如果剛才死的是我，一切就結束了……」

「你可千萬別胡思亂想。」

她只是一再搖頭。

「你不懂，什麼都不懂。」

她突然哭了起來，像個孩子似的絕望抽泣著。我想，讓她哭一場也好，因此沒有去打擾她。

當她的淚水稍微平息時，我悄悄走到窗前向外看。幾分鐘前，我聽見了各種喊叫聲。他們現在在出事地點圍成半圓形，而白羅像個衛兵似的不斷擋著人群。

我正張望著，兩個穿制服的人穿過草地大步走來。警察到了。我靜靜回到沙發旁。妮可抬起淚流滿面的臉問道：「我是不是該做些什麼？」

「不，親愛的，有白羅在，他會處理一切。」

妮可沉默了一兩分鐘，然後說：「可憐的瑪姬，可憐的親愛的瑪姬！她一生中從沒傷害過誰，這種慘事竟會落到她頭上！我覺得好像是我殺了她，是我把她叫來的。」

我黯然搖了搖頭。未來的事太難預料了。當白羅堅持要妮可請個朋友來作伴時，他何嘗知道自己正在給一個毫不相識的女孩簽署死亡證書！

我們無言地坐著。雖然我很想知道外頭在幹什麼，但還是忠實地執行白羅的指示，堅守在我的崗位。

當白羅和一位警官推門進來時，我覺得自己好像已經等了好幾個小時似的。和他們一起進來的顯然是格雷翰醫師。他立刻走到妮可身邊。

「你感覺怎樣，巴克利小姐？唉，真是飛來橫禍。」他用手指按著她的脈搏。「還好。」然後轉向我問道：「她吃了什麼沒有？」

「喝了一點白蘭地酒。」我說。

「我沒事。」妮可打起精神說。

「能回答幾個問題嗎？」

「當然可以。」

警官清了清嗓子，走到妮可身旁。妮可對他慘然一笑。

「這次，我總沒有違反交通規則吧。」

我猜他們以前打過交道。

警官說：「這件凶殺案使我深感難過，巴克利小姐。幸好我們久仰的白羅先生也在此地（跟他在一起，是大可引為自豪的），他告訴我，那天上午有人在皇家旅館對你開槍，是這樣嗎？」

妮可點點頭。

「我本來以為只不過是隻黃蜂，但其實不然。」

「之前還發生過其他一些怪事？」

「是的，它們接二連三地發生，這點很奇怪。」

她把那幾件意外事故簡單說明了一遍。

「跟我們聽來的一樣，今天晚上你的堂妹怎麼會披上你的披肩呢？」

「我們進屋裡來拿衣服——在外面看煙火看得有些冷。我把披肩扔在沙發上，然後跑到樓上去穿我現在身上穿著的這件大衣，是輕便的河鼠毛皮大衣。同時，我從萊斯太太的房裡幫她拿了一條披肩，就是窗下地板上的那一條。這時瑪姬叫了起來，說她找不到她的大衣。我說可能在樓下，她就下樓去找，但還是說找不到。我說一定是放在汽車裡忘了拿了——她在找的是一件軟呢斜紋大衣，沒有毛皮的。我說我可以拿一件我的給她穿。但她說不用了，如果我不用的話，她可以披我那條披肩。我說當然可以，就怕不夠暖和。她回答夠暖和了，因為約克郡比這裡冷得多，她隨便圍上點什麼都行。我說好吧，並告訴她我馬上就出來。但當我出——出來時——」

她說不下去了。

「別難過，巴克利小姐。請告訴我，你聽見一聲——或者兩聲槍響？」

妮可搖搖頭。

「沒有，我只聽到煙火爆裂的聲音。」

「沒錯，」警官說，「這種時候，槍聲是不會引起絲毫注意的。我還想問一個我並不抱希望的問題：對於那幾次攻擊事件，你可否提供什麼線索？」

「不太可能，」妮可，「我想不出來。」

「你當然想不出來，」那警官說，「在我看來，既然找不出動機，那麼幹這種事的人大概就是殺人狂了。好吧，小姐，今天晚上我不再打擾你了。對於你的不幸，我深表遺憾和同情。」

格雷翰醫生走向前來。

「巴克利小姐，我建議你別再待在這兒。我跟白羅先生商量了一下，我們想送你進療養院。你受的刺激太大了，需要百分之百的安靜休養——」

妮可兩眼看著白羅。

「受——受到刺激？」她問。

白羅走到她身邊。

「我要讓你有安全感，孩子。而我也必須把你安置在一個真正安全的地方。那裡會有個護士，一個好到沒話說的護士，她整晚都會待在你身邊。當你醒過來大喊大叫時，她就在你的身邊。你懂了嗎？」

「我懂，」妮可說，「但你不懂。我不再害怕了，什麼都不在乎了。如果有人存心要謀害我，儘管放馬過來吧。」

「不要這麼說，」我說，「你太緊張了。」

「不，你們誰也不懂！」

「我非常贊成白羅先生的建議，」醫生安撫地插嘴說，「我開車送你過去。我們會給你吃點什麼，保證你可以好好睡一晚。你看怎樣？」

「我無所謂，」妮可說，「悉聽尊便吧。」

白羅拍拍她的手。

「我知道，小姐，我知道你的感受。我站在你面前，心裡充滿了羞赧和愧疚。我曾向你保證要幫你化險為夷，但我失敗了。我責無旁貸，後悔莫及。不過相信我，小姐，這次的失敗深深地刺傷了我的心。如果你知道我有多痛苦，你一定會原諒我。」

「無所謂了，」妮可木然地說，「不要苛責自己，我相信你已經盡力。沒有人有法子，或是比你做得更好。請別難過。」

「你真是寬宏大量，小姐。」

「不，我——」

門突然打開。喬治・查林傑急忙進來。

「這是怎麼回事？」他叫道，「我一到就看見門外有警察，還聽說死了人。究竟是怎麼回事？看在上帝的份上，快告訴我。是——是妮可嗎？」

他那痛苦的聲音叫人聽著害怕。我忽然發現白羅和醫生剛好把妮可擋住了，所以他看不到她。沒等別人來得及回答，他又重複他的問題。

「告訴我，不會是真的吧？妮可沒有死吧？」

「沒有，我的朋友，」白羅從容地說，「她還活著。」

白羅閃到一旁。查林傑看見躺在沙發上的嬌小身影。有那麼一陣子，他的目光難以置信地凝視著她，然後像個醉漢似的踉蹌一步，咕噥道：「妮可——妮可！」

他突然在沙發旁跪了下去，雙手捂住臉用壓抑的聲音哭道：「妮可，我的寶貝，我以為你死了。」

妮可試著坐起來。

「沒事，喬治，別像個白癡似的，我很安全。」

他抬起頭狂野地左顧右盼。

「但是，警察說有人死了。」

「是的，」妮可說，「是瑪姬，可憐的瑪姬，噢……」

她臉上一陣扭曲痙攣。醫生和白羅走上前去，把她扶了起來，走出客廳。

「你愈快上床愈好，」醫生說，「我這就帶你上路。我已經叫萊斯太太幫你收拾一些需要的衣物。」

他們的身影消失在門外。查林傑抓住我的手臂。

「我不懂，他們要把她帶到什麼地方去？」

我跟他解釋。

「哦，原來如此。那麼，海斯汀，看在上帝的份上，快告訴我究竟是怎麼回事。多恐怖的悲劇！那可憐的女孩！」

「來喝點酒吧，」我說，「你都快崩潰了。」

「我才不在乎呢。」

我們走進餐廳。

「你知道，」他放下一杯威士忌蘇打。「我還以為是妮可出事了。」

喬治・查林傑的感受是無可置疑的，因為世上再找不出比他更率真的情人了。

09 從A到J

那天深夜回到旅館以後的情形，我這輩子大概不會忘記。白羅浸淫在強烈自責的悲痛中，令我真的起了警覺之心。他在房間裡不停地踱步，自顧自地在腦子裡詛咒著，對我的勸慰充耳不聞。

「這就是太過於自信的結果，我受了懲罰，是的，我受到了懲罰，我，赫丘勒·白羅！我太自以為是了。」

「不，別這麼說。」我插嘴說道。

「可是誰會想到、誰能想到，那傢伙居然膽子這麼大？我自以為防範已經十分周密，我已經警告了凶手——」

「警告了凶手？」

「是的。我到處亮相，表現出懷疑——某一個人。我以為這麼一來，他就不敢輕舉妄動了，我在巴克利小姐周圍設下了無形的警戒線，不料他卻潛進去了！膽大包天，就在我們眼皮底下殺人，儘管我們百般戒備，兇手還是得逞了！」

「但他並沒有達到目的。」我提醒他。

「那只是僥倖而已，對我來說都一樣。還是喪失一條性命，海斯汀，你說，有誰的性命不重要？」

「我不是這個意思。」

「不過從另一方面來看，你說的也是實情。而這更糟，十倍的糟！因為那個兇手仍未達成他的目的，你懂嗎？這意味著要犧牲的不是一條人命，而是兩條。」

「只要有你在，就不會是兩條！」我說得很有把握。

他停住腳步，緊緊握住我的手。

「天可憐見，我的朋友，謝謝你對我這個老頭子有信心！你給了我新的勇氣。赫丘勒·白羅不會再失敗，不會再有誰慘遭橫禍了，我會更正我的錯誤，因為，你知道，一定有什麼地方弄錯了。在我百無一失的思路中，一定有某個地方出了差錯。我要重起爐灶，是的，一切從頭來過。這一次——我不會失敗！」

「你現在還認為妮可的生命仍在危險之中？」

「我的朋友，要不然我幹嘛把她送到療養院？」

「這麼說，不是因為受了刺激……」

「刺激！嘖！如果只是受到刺激，根本不需要送去療養院，在家裡一樣可以恢復過來，而且待在家裡還比較好過。要知道，療養院不是個好玩的地方，地板上鋪著綠油布、護士的談話聲、推車上的餐食、洗不完的被單。啊，不，送妮可到那兒去是為了安全，僅僅是為了她的人身安全而已。醫生已經答應我的要求，會把一切都安排妥當。沒有任何一個人——我的朋友，即使是她最親密的朋友，都不准去探望巴克利小姐。只有你我兩人有這個權利。小心提防，這是上上之策！其他人將被告知這是醫生的吩咐，這是個很合理的逐客令，沒有誰會抗議。」

「是的，」我說，「只不過——」

「不過什麼，海斯汀？」

「總不能永遠這麼下去呀！」

「說得對。不過至少我們可以有個喘息的時間。想必你已經意識到我們的行動有所改變了吧？」

「怎麼個改變法？」

「過去我們的主要任務是保護妮可的安危，現在則簡單多了，變成一個你我都非常熟悉的工作，那就是逮捕凶手。」

「你把這叫作『簡單多了』？」

「當然簡單多了。我曾經說過，凶手在做案之後，也就等於在罪行上簽下自己的姓名。

現在那傢伙已經出手了。」

「你不認為，」我猶豫了一下。「你不認為那位警官說得對？說這是瘋子幹的案子，一個精神失常的殺人狂幹的？」

「現在我更不相信是這麼回事。」

「你真的認為……」

我停頓下來。白羅非常嚴肅地接下去說：「凶手是妮可社交圈子裡的人？是的，我的朋友，我是真的這麼認為。」

「但昨天晚上的事發經過，確實把這種可能性排除了。我們全都在一起，而且——」

他打斷我的話。

「你能發誓說，絕對沒有一個人從我們所在的懸崖邊離開過嗎？你能發誓說，每個人從頭至尾都在你的視線之內嗎？」

我被他的話嚇了一跳，慢慢說道：「不，我不認為。天很黑，每個人多少都在走動。我有時看到萊斯太太，有時看到賴哲勒、你、克夫特、維士——但如果要說一直都在我的視線之內，那倒是沒有。」

白羅點點頭。

「正是如此。命案發生只不過是幾分鐘的事。那兩個女孩走進屋子裡，凶手趁人不備時溜過去，躲在草地中間那棵無花果樹的後面。妮可．巴克利，或者說他認為是她——從屋裡走出來，從他身邊一呎距離內經過時，他連開三槍——」

「三槍？」我叫了起來。

「是的。這回他可一點也不大意。我們從屍體上找到三顆子彈。」

「這太冒險了，不是嗎？」

「大致上來說，不會比開一槍更冒險。毛瑟手槍發出的響聲不大，很像是煙火爆裂的聲音，而且混在那種嘈雜聲裡面，根本聽不出來。」

「你找到那支手槍了嗎？」我問。

「沒有，海斯汀。但這個情況，讓我有足夠的理由相信此案與外人無關。這一點我們都同意，不是嗎？妮可的手槍被竊，只有一個原因——為了讓她死得像是自殺。」

「是的。」

「那是唯一可能的原因，不是嗎？但是現在，自殺的死因已無法成立。凶手知道這樣做已經騙不了人了。事實上，我們掌握的事情他無一不知。」

我思忖著，覺得他的推論很有道理。

「你認為他會怎樣處理那支手槍？」

白羅聳了聳肩。

「這很難說。不過大海近在咫尺，只要用力一扔，那手槍就會沉到海底去。當然，實際情況不一定是這樣，不過要是我，就會這麼做。」

他說話的語氣是如此一本正經。我不由得一怔。

「你想，他有沒有發現自己殺錯了人？」

「他當時必定沒發現，」白羅嚴肅地說，「哼，當他發現真相時，那一定是個不痛快的小震驚。既要掩飾自己的大失所望，又要裝成若無其事，這可不是一件容易的事。」

這時，我想起女傭愛倫的反常表現，就對白羅說了。他聽了大感興趣。

「死的是瑪姬，這讓她感到意外，是嗎？」

「何止意外，簡直是大吃一驚。」

「這就怪了。照理說，她不應該感到意外的！啊，這很值得研究一番。她是什麼人，這個愛倫？她那麼安詳冷靜，從頭到腳一派可敬的英式風範，會是她嗎？」他中斷下來。

「回想一下以前發生的那幾件意外事件，」我說，「就會發現凶手應該是個男人。要把那麼重的石頭推下懸崖，這可要用點力氣。」

「不見得。唔，是的，誰都可以辦得到。」

他繼續在房間裡踱步徘徊。

「昨天晚上在懸崖山莊的每個人都有嫌疑，但是那幾位後來的客人——不，我想不會是他們幹的，他們大多數和妮可只是泛泛之交，也就是說，和懸崖山莊的女主人沒有什麼密切關係。」

「他們之中，有查爾斯·維士。」我指出這一點。

「是的，不能把他忘記。從邏輯上說，他是最可疑的人。」白羅做了個絕望的手勢，然後一屁股坐進我對面的一張沙發。「動機……追根究柢，總是要回到這上頭來！動機！要想揭露這樁神祕的謀殺案，就必須找出動機來。而我一直感到困惑的，就是所謂的動機，海斯汀。誰會有殺掉妮可的動機？為了解釋動機，我做出種種荒唐可笑的假設。我，赫丘勒．白羅，竟降格到這種地步，像個編造廉價偵探小說的人一樣胡思亂想。那位祖父老妮可，據說他把錢全賭光了。這是真的嗎？我自問。會不會是正好相反，他把錢藏在懸崖山莊的某個地方？比方說，埋在地下？為了探究這個假設——說來真是羞愧得無地自容——我問妮可是否有人出價要買她的懸崖山莊。」

「你知道嗎，白羅，」我說，「我覺得你這個假設還挺合情合理的。嗯，這裡頭可能大有文章。」

白羅悶哼了一聲。

「我就知道你會這麼說，這種假設很符合你浪漫但庸俗的口味。埋藏在地下的財寶，沒錯，你一定很欣賞這種說法。」

「這種說法有什麼不對呢？」

「因為，我的朋友，愈是平凡的解釋就愈接近事實。我還想到小姐的父親——對於他，我的假設更不像話了。他是個飄泊四方的旅行家，我對自己說，他可能偷了一塊價值連城的寶石，而這塊寶石是一尊什麼神像的眼珠。於是守護神像的僧侶一路尋訪，追蹤到這裡來。

瞧，我，赫丘勒．白羅，居然降格到這種地步。

「關於這位父親，我還有一些其他想法。而這些想法比較正經而實際。在他飄泊的生涯中，是不是又結了婚？是不是有一個比查爾斯．維士更親近的繼承人？於是我又碰上了老難題——事實上，他沒有什麼值錢東西可以繼承。

「可以想得出來的可能性我全考慮過了，我甚至考慮過賴哲勒先生為什麼想買妮可祖父的肖像。星期六我打了個電話請專家來鑑定那幅畫。他就是今早我寫給小姐便條上提到的那個人。假設一下，比方說，那幅畫會不會值好幾千英鎊呢？」

「難道你認為像賴哲勒這麼一個有錢的人……」

「他有錢嗎？外表不代表一切。一家外表看起來金碧輝煌、財源廣進的老字號公司，內裡卻可能早已寅吃卯糧，債台高築了。在這種時候，人們會怎麼辦呢？到處去叫窮，說自己快破產了嗎？不，他們會買一輛極盡奢華的新車，在大眾面前更加揮金如土。你知道，這只是為了維持信譽，好再跟別人借錢。有時一家大公司會突然垮掉，就只因為幾千鎊現金的周轉不靈。」

「哦，我知道，」他不讓我反駁，繼續侃侃而談。「這種說法可能有點牽強附會，但比起那些復仇的僧侶或埋藏的珍寶，它更加合乎情理。無論如何，當一件事發生的時候，各種因素之間總有某種關係。我們不要忽視任何可能引導我們走向事實的線索。」

他小心翼翼地把面前桌上的東西弄整齊，再度開口時，語調變得很沉重，而且首度冷靜下來。

「動機！」他說，「讓我們再回到這一點上來。讓我們冷靜而有條理地思考這個問題。首先，謀殺的動機有多少種呢？是什麼動機使一個人要殺害另一個人呢？這裡我們暫且不管殺人狂，因為我認為在我們這個案件裡，根本不存在這種可能性。我們也排除因一時感情衝動而殺人的可能性。這是冷血、蓄意的謀殺。這種謀殺的動機是什麼？

「第一，圖利。誰能因妮可之死而直接或間接得到好處呢？喏，我們可以列下查爾斯‧維士的大名。從經濟觀點講，他會繼承一份就財務考量來看是不值得繼承的財產。他有可能償清抵押貸款，在這塊地方建造幾幢小別墅圖些薄利。如果這地方是他的祖居，那麼基於感情上的原因，這裡對他就更有某種價值了。有些人心中深植著一種本能，而這種本能，就我所知，確實會導致犯罪。但是在查爾斯‧維士身上，我看不出有這種動機存在。

「因妮可之死而可得益的另外一個人，是她的朋友萊斯太太。不過那麼一點點錢算得了什麼？除了他們兩人之外，我實在看不出還有什麼人能夠因妮可之死而得到經濟上的好處。

「另一個動機是什麼呢？是仇恨，或者是由愛變成的仇恨，情欲上的犯罪。善於觀察的克夫特太太告訴我們，查爾斯‧維士和查林傑中校都愛上了這位年輕女郎。」

我笑著說：「後者這位先生對妮可的愛慕之情，是我們自己觀察出來的。」

「對，這位老實的海員，對感情一點都不加以掩飾。至於另外一位男士呢，我們憑藉的是克夫特太太的說法。如果查爾斯‧維士意識到這番情場角逐之中自己處於劣勢，他會不會覺得，與其讓自己所愛的女孩成為情敵的老婆，還不如乾脆殺了她呢？」

「這聽起來似乎非常戲劇化。」我懷疑地說。

「你會認為這似乎不合英國人的作風，這我同意，但英國人也有七情六欲！像查爾斯·維士這種類型的人，最有可能懷有這些情欲。他是個情感壓抑的青年，這種人從不顯露內心感受。由於這種情感最為激烈，因此一旦爆發，便什麼事都幹得出來。我絕不認為查林傑中校會是情殺案的凶手，但查爾斯·維士，沒錯，是有這個可能。不過用這個來解釋動機，我總覺得難以滿意。

「另外還有一種動機——嫉妒。我把嫉妒和上一種動機分開來說，因為嫉妒不一定是男女之間的情感。有一種嫉妒，是想要占有，意圖控制。就是這種嫉妒心，使你們莎士比亞大文豪的伊阿古[6]——以職業的觀點來看——用極高明的手段犯下了罪行。」

「怎麼個高明法？」我扯離話題問道。

「自己不動手，讓別人替他出手。想想當今那些你無法把手銬往他手上銬的罪犯，為什麼銬不上？因為他從不親自動手。但這不是我們現在要討論的課題。從各方面來看，這個案子會不會是某種嫉妒所引起的呢？誰有理由嫉妒她呢？另一個女人？那只有萊斯太太。不過據我們所知，她與妮可之間並無嫌隙。當然啦，這個推論僅僅是『就我們所知』而已，其中可能還有我們不知道的情形。

「最後還有一個動機——懼怕。是不是什麼人有把柄落在妮可小姐手中呢？她是否知道某件對別人構成威脅的事情？如果是這樣，我想我們可以非常肯定地說，她本人還沒有意識到這件事。這是可能的，你懂吧？這是有可能的。要是果真如此，那可就麻煩了。因為她手中握有線索，但她自己卻不知道，所以無法告訴我們是什麼線索。」

「你真的認為有此可能？」

「這只是個假設。我找不到其他的合理假設，所以才會如此推測。當你排除其他各種可能性之後，你自然而然會抓住最後剩下來的可能性——既然別的都不是，那麼一定是這個了……」

他沉默良久，終於從深思中醒轉過來，拿一張紙放在前面振筆疾書。

「你在寫什麼？」我好奇地問。

「我的朋友，我把妮可周圍的人列成一張表。如果我的推論正確，凶手必定就在這張表裡面。」

他寫了大約二十分鐘，然後把這張紙推到我面前。

「好了，我的朋友。看看你有什麼想法。」

6 伊阿古（Iago）是莎士比亞悲劇《奧賽羅》（*Othello*）中的反派角色，他施計誘使奧賽羅產生嫉妒及猜疑，進而殺死自己的妻子。

這張表是這麼寫的：

A.愛倫
B.她的園丁丈夫
C.他們的孩子
D.克夫特先生
E.克夫特太太
F.萊斯太太
G.賴哲勒先生
H.查林傑中校
I.查爾斯．維士先生
J.？

註記：

A.愛倫。可疑之處：聽到凶殺案時的舉止言語。最有機會安排那些意外事件。最有可能知道手槍的存在，但動汽車手腳一事似非此人所為。且就此案的一般心智來看，似乎超過她的水準。

動機：無——除非因某件未知的事情而生恨。
注意：進一步查明其身世及與妮可之間的關係。

B.愛倫之夫。可疑之處及動機同上。比較有可能動汽車的手腳。
注意：應該跟他面談。

C.愛倫之子。可排除。
注意：應該面談。可能提供有用的資料。

D.克夫特先生。唯一可疑之處：我們碰見他爬樓梯上樓。他當場的解釋不知是否屬實。此人背景一無所知。
動機：無。

E.克夫特太太。可疑之處：無。
動機：無。

F.萊斯太太。可疑之處：機會十足。叫妮可進屋裡拿披肩。蓄意製造一種印象，讓人以為妮可是騙子，她所說的意外事件不可採信。那些意外事故發生時，此人不在塔維士托克。她在何處呢？

動機：有利益？非常少。嫉妒？可能，但目前一無所知。恐懼？也有可能，但也是一無所知。

注意：應和妮可談談她，看能否得到任何啟示。可能和萊斯太太之婚姻有關。

G.賴哲勒先生。可疑之處：機會普通。曾出價買畫。認為妮可的煞車並未損壞（據萊斯太太表示），可能星期五以前就已經在這附近一帶。

動機：無。除非求畫心切。恐懼？不太可能。

注意：查明此人到達聖盧之前身在何處。調查賴哲勒父子公司之財務狀況。

H.查林傑中校。可疑之處：無。上星期都待在此地。有製造意外事故的良好機會。命案發生後半小時到達懸崖山莊。

動機：無。

I.查爾斯．維士先生。可疑之處：妮可在旅館花園內受襲時，此人不在辦公室。有做案機會。對出售懸崖山莊一事說法可疑。性情壓抑。可能知道手槍的事。

動機：有利益？甚少。愛或恨？是有可能。恐懼？不可能。

注意：查明懸崖山莊抵押債權人是誰。查明維士律師事務所之狀況。

J.？可能有一位J，也就是說有一位外人。不過和上述某人應有牽連。若是如此，可能是和A、D、E或F有關。J的存在可說明：

一、愛倫對凶殺本身不感意外以及出現滿足的快感（不過，這可能出於她那階層對死亡事件的自然快感）。

二、克夫特夫婦為何來住小木屋。

三、讓萊斯太太恐懼或嫉妒的動機。

當我在看這份名單時，白羅注視著我。

「這非常英國式，不是嗎？」他自誇道，「我寫的比說的更有英國味。」

「寫得很好，」我衷心地說，「各種可能性都列得清清楚楚。」

「沒錯，」他把那張紙拿回去，若有所思地說，「其中有個名字很醒目，我的朋友。查爾斯．維士。他最有機會做案。在他身上有兩種動機可做選擇。我相信，如果這是一張賽馬表，他的行情會很看俏，不是嗎？」

「他的嫌疑確實最大。」

「你有一個怪脾氣，海斯汀，老是去懷疑最不可疑的東西。毫無疑問的，這是因為你看了太多偵探小說的原因。在現實生活中，命案十有八九是最可能、最明顯的那個人幹的。」

「但這一次你卻不這麼認為？」

「只有一點不合，這件命案做得太膽大妄為、肆無忌憚！一開頭這一點就很凸顯。就因為這個特點，我才預言此案的動機不會是明顯的。」

「對，一開頭你就是這麼說的。」

「現在我的說法還是一樣。」

他突然把那份名單揉成一團，扔在地下。我連忙阻止他，但他說：「不，這張表已經沒用了。不過，它已經把我的思緒澄清了。條理和方法！這是第一步，把一切事情精確、條理分明地整理出來。下一步——」

「是什麼呢？」

「下一步是進行分析思考，也就是正確運用小小的灰色腦細胞。我勸你最好上床去，海斯汀。」

「不，」我說，「除非你也上床，否則我不會離開你。」

「你真是太忠誠了。可是你知道，海斯汀，你無法幫助我思考。思考——這正是我要做的事情。」

我還是搖搖頭。

「你可能會想要跟我討論某個觀點。」

「好，好，你真是夠朋友。不過，至少換張安樂椅吧，拜託。」

我同意了。不久，房間裡的一切都開始模糊起來。我記得我所看見的最後一件事，是白羅小心翼翼地把他剛才扔掉的那個紙團從地上撿起來，隨手扔進了廢紙簍。

後來，我一定是睡著了。

10 妮可的祕密

我醒來的時候，天已經亮了。

白羅還站在昨晚他所站的地方，態度依舊，但臉上的表情不同了，他的眼睛閃耀著我熟悉的古怪綠光，就像貓的眼睛一樣。

我勉強坐直身子，感到渾身僵硬，很不舒服。坐在椅子上睡覺一向是我敬謝不敏的事，不過至少這種睡姿有個好處：醒來之後沒有一點兒睡意未消的懶怠感，而是頭腦心思都像睡覺前一樣活躍。

「白羅，」我叫道。「你已經想出什麼來了？」

他點點頭，向前傾身，輕敲面前的桌子。

「海斯汀，回答我三個問題：為什麼近來妮可小姐一直睡不好？為什麼從來不穿黑衣服的她，卻去買了件黑色的晚禮服？為什麼昨晚她說：『我不想活了，我甘願赴死？』」

我愣住了。這些問題似乎並不重要。

「回答這些問題，海斯汀，回答！」

「好吧。第一個問題：她說她最近一直都在擔憂。」

「對。她在擔憂什麼呢？」

「至於第二個問題，黑衣服——呃，每個人偶爾都想改變一下。」

「就一個已婚男子來說，你對女人的心理了解非常少。一個女人一旦認定某種顏色對自己不合適，她就會拒絕穿它。」

「最後一個問題——受了驚嚇之後說出這種話，這是很自然的嘛。」

「不，我的朋友，一點都不自然。被堂妹的慘死嚇得半死，為此而責備自己——是的，這些都很自然。但用那樣的語氣說出那樣的話來，卻不止於心痛。她說到生命時，口氣充滿了厭倦感，彷彿生命對她來說已不再是珍貴的東西。在那之前，她從沒露出厭世的態度啊。她一直不當一回事——是的，她一直不當一回事。後來，在那次崩潰之後，她害怕了。請注意，她之所以會感到害怕，是因為生命是甜美的，值得留戀的，她渴望活下去。但是對生命的厭倦——不，從來沒有過！甚至在昨天吃晚飯前，她也沒有這種表現。海斯汀，這是心理轉變，而這裡頭很有玄機。是什麼使她對生命的看法改變了呢？」

「是她堂妹之死所引發的震驚？」

「我懷疑。是震驚使得她多話沒錯。但假設轉變是在那之前——有沒有其他事情能夠引起這種改變呢？」

「我不知道。」

「想一想，海斯汀，用你的小小灰色腦細胞。」

「真的想不出。」

「最後觀察她的機會是在什麼時候？」

「我想，大概是在吃晚飯的時候吧。」

「沒錯。在那以後，我們只看見她在迎接來賓——純粹一種正式的態度。晚飯吃完的時候，發生了一件什麼事？」

「她去打電話。」我緩緩說道。

「對啦，你終於想到了。她去打電話。她去了很久，至少二十分鐘。就打通電話來說，這時間是長了一點。誰在跟她通電話？他們談了什麼？她真的是去打電話嗎？這些都有待查明，海斯汀。只要查明那二十分鐘內發生了什麼事，我相信，我們會找到最關鍵的線索。」

「你真的這麼認為？」

「當然，海斯汀，我一直告訴你，妮可有些事沒告訴我們。她覺得那些事與此案無關，但是我，赫丘勒．白羅，懂得比她多！一定有關。因為，我總感覺我所掌握的事實當中少了點重要的東西。要不是少了個東西，整件事在我來看應該是清楚明白的！由於並非如此，那麼這缺失的東西便是整個謎團的關鍵！我不會弄錯的，海斯汀。我必須知道那三個問題的答案，然後我就可以開始……」

「好吧，」我伸了伸僵直的四肢。「我想，我得去刮刮鬍子，洗個澡了。」

洗完澡，換上衣服之後，我覺得好多了。由於一夜睡得不舒服而產生的痠痛和不適，現在都已煙消雲散。我來到早餐桌旁，想到喝杯熱咖啡一定會讓我恢復元氣。

我瞄了報紙一眼，除了一條消息說邁克·塞頓之死已被證實之外，並沒有其他大新聞。唉，那個勇敢的飛行員死了。我心中暗想，明天報上的頭條新聞是否會是「煙火晚會紅顏殞命。神祕的慘案！」？

剛吃完早飯，弗雷蒂·萊斯就走到我餐桌旁。她穿了件有著軟褶白領的黑綢家常服。她的白淨美麗比以往更明顯。

「我要見白羅先生，海斯汀上尉，你知道他起床了沒有？」

「我現在就帶你到樓上去，」我說，「我們可以在客廳裡見到他。」

「謝謝。」

「我希望，」我們一起離開餐廳時，我說，「你的睡眠沒有受到影響吧？」

「那事是把人嚇壞了，」她默想著說道，「但是，當然了，我和那位可憐的女孩不熟，我跟她的關係不像跟妮可那般。」

「我猜你以前沒見過那個女孩吧？」

「見過一次，在斯卡伯勒。她和妮可一起吃午飯。」

「這件慘事對她父母來說，可真是個巨大的打擊。」我說。

「太可怕了。」

但她說話的口氣非常不帶個人感情。我私下想，這位太太是個本位主義者，只要事不關己，什麼都無所謂。

白羅已經吃過早餐，正坐著看報紙。他站起身，以他習慣性的法國式禮儀迎接弗雷蒂。

「太太，」他說，「非常高興，不勝歡迎！」

他拉了一把椅子過來。

她謝謝他，微笑著坐了下來，雙手擱在扶手上。她並沒有急於開口，只是直挺地坐在那兒，兩眼直視前方。這種沉默叫人很不自在。後來她終於說話了。

「白羅先生，我想，昨晚發生的不幸事件，其實是同一件事吧？我是說，目標其實是妮可？」

「太太，這一點無庸置疑。」

弗雷蒂皺了皺眉頭。

「妮可的生命受到神靈守護。」她說。

她的聲音中，有某種我無法了解的古怪意味。

「人們說禍福相倚，周而復始，循環不已。」白羅說。

「或許吧，和命運對抗是沒用的。」這時她的語氣中只有厭倦。後來她又接著說：「我得請你原諒，白羅先生，也請妮可原諒。我直到昨晚才相信這一切。我作夢也沒想到危機真的——如此嚴重。」

「是嗎，太太？」

「我現在知道一切都得加以調查，仔細詳查，而且妮可周圍的人都勢必受到懷疑。雖然可笑，但事情確是如此。白羅先生，我說得對不對？」

「你非常聰明，太太。」

「那天你問了我一些關於塔維士托克的問題，白羅先生。既然你遲早都會發現，我還是現在就把實情告訴你的好。我那時並不在塔維士托克。」

「是嗎，太太？」

「我和賴哲勒先生上個星期初，就開車到這一帶來了。我們不希望引起一些不必要的批評。我們在一個叫謝拉科姆的小地方落腳。」

「我想，那地方離這裡大約七哩路吧，太太？」

「大概——是的。」說話的聲音還是那麼冷漠、遙遠而厭倦。

「我可以請教一個十分失禮的問題嗎，太太？」

「這時候，還有所謂失不失禮的嗎？」

「太太，或許你說得對。那麼，你和賴哲勒先生交往多久了？」

「我是半年前認識他的。」

「你……對他很有感覺，太太？」

弗雷蒂聳聳肩。

「他——很有錢。」

「噢！」白羅叫道。「這種話可不大好聽。」

她顯得有點意外。

「與其由你來說，還不如我自己來說，不是嗎？」

「嗯，是這樣，當然。請容我再重複一遍，太太，你非常聰明。」

「很快你就要頒一張獎狀給我了吧，」弗雷蒂說著站了起來。

「沒有別的事要告訴我了嗎，太太？」

「我想是沒有——沒有。我要帶些花去看妮可。」

「啊，你想得真周到。太太，謝謝你的坦白。」

她目光炯炯地看了他一眼，彷彿有話要說，但是欲言又止，轉身向房門走去。我替她開門時，她朝我淡淡一笑。

「她是聰明人，」白羅說，「但赫丘勒．白羅也是！」

「你這話是什麼意思？」

「她要誘導我相信『賴哲勒是有錢的』，這一招用得非常漂亮——」

「我得說，你這話令我有點噁心。」

「我的朋友，你老是把正確的觀點用到錯誤的地方去。現在根本不是情操高尚與否的問題。如果萊斯太太有個深愛她的有錢男友，可以滿足她的所有需求，那她就不必為了區區小錢去謀殺她最要好的朋友！」

「噢！」我恍然大悟。

「就是這麼回事！噢！」

「你為什麼不阻止她去療養院？」

「幹麼要我把牌攤出來？是赫丘勒．白羅不讓妮可小姐見她的朋友嗎？是醫生和護士啊。那些討厭的護士！腦子裡只知道各種規定和『醫生的命令』。」

「你不怕他們還是會讓她進去？妮可可能會堅持要見她。」

「親愛的海斯汀，除了你我之外，誰也進不去。就此事來說，我們現在就去看妮可，愈快愈好。」

客廳門突然被撞開。喬治．查林傑怒氣沖沖地闖了進來。

「聽著，白羅先生，」他說，「你這是什麼意思？我打電話到妮可住的那家鬼療養院去探問她的病情，並且問他們我什麼時候可以去看她，但他們說醫生吩咐不准見客。我要知道這是什麼意思。坦白說吧，這是不是你幹的好事？還是妮可真的嚇出病來了？」

「我向你保證，先生，我無權過問療養院的事，我不敢這麼做。你為什麼不打電話去問問醫生？他叫什麼來著？哦，對了，格雷翰。」

「我打過了。他說她恢復得跟預料中一樣好——老套的台詞。這一套我清楚得很。我叔叔就是醫生。在哈利大街開業，神經科專家、心理分析這一類的。用一些安撫的話把親朋好友擋掉，這些把戲我全都知道。我不相信妮可的健康情況不許她會客，我相信是你在後頭搞鬼，白羅先生！」

白羅對他溫厚地笑了笑。我知道他對熱戀中的情人向來特別寬容。

「請聽我說，我的朋友，」他說，「如果有個人可以放行，就阻止不了別人進去。你懂我的意思吧？要嘛全部允許，要嘛統統不准放行。我們都希望妮可平安無事，你和我都是，對不對？對！那麼，你當然能了解——一定得全部不准接見。」

「我懂了，」查林傑慢吞吞地說，「不過……」

「嘖！別再說了。我們甚至要忘掉剛才說過的話。謹慎，絕對的謹慎，這是目前我們需要的。」

「我可以守口如瓶，」那海員輕輕說道。他轉身走到門口，卻又停下來說：「鮮花總不禁止吧？只要不是白花。」

白羅笑了。

房門在魯莽的查林傑身後關上時，白羅說：「現在，趁查林傑、萊斯太太，可能還有賴哲勒都一窩蜂湧進花店時，我們悄悄地驅車前往療養院吧。」

「去搞清楚那三個問題的答案？」

「是的，我們去問一下，雖然事實上，我已經知道答案了。」

「什麼？」我叫道。

「是的。」

「啊，你是什麼時候知道的？」

「在我吃早餐的時候，海斯汀，答案就在我眼前。」

「告訴我。」

「不，我打算讓你從妮可小姐那裡知道答案。」

然後，彷彿要分散我注意力似的，他把一封拆開的信遞給我。這是一份白羅派去鑑定老妮可．巴克利畫像的專家所寄來的報告。它確切地指出那幅畫最多只值二十英鎊。

「瞧，已經有個疑點澄清了。」白羅說。

「這個老鼠洞裡沒有老鼠，」我想起白羅以往曾經用過的一個譬喻。

「啊，你還記得這句話？沒錯，正如你所說的，這個老鼠洞裡沒有老鼠。只值二十英鎊的畫，賴哲勒卻出價五十英鎊。對一個看似精明的年輕人來說，這是個多麼錯誤的判斷！不過，啊，不提這個了，我們應當出發辦事去了。」

療養院高高坐落在俯瞰海灣的山丘上。一個白衣看護帶我們走進樓下一個小房間，不久，來了一位動作敏捷的護士。她一眼就認出了白羅。顯然她已經奉了格雷翰醫生的指示，同時事先了解這位矮小偵探的外貌。她強忍著笑意。

「巴克利小姐夜裡睡得相當不錯，」她說，「現在就上樓去，好嗎？」

我們在一間陽光充足而令人愉快的房間裡見到了妮可。她躺在一張狹窄的鐵床上，看起來像個疲倦的小孩似的，臉色蒼白，雙眼有泛紅跡象，一副無精打采的模樣。

「你們來了真好。」她毫無感情地說。

白羅握住她的手。

「勇敢些，小姐，活著總是美好的。」

這些話使她一驚。她抬頭看著白羅的臉。

「噢！」她說，「噢！」

「你現在還不肯告訴我，是什麼事讓你近來鬱鬱寡歡嗎？或是要我來猜一下？容我向你致上最深切的同情。」

她臉紅了。

「原來你知道了。噢！現在誰知道都無所謂了，一切都已成了過眼煙雲，我再也看不見他了。」

她失聲痛哭起來。

「勇敢些，小姐。」

「我一點勇氣也沒有了，過去幾個星期裡我已經全用完了。我一直抱著希望，直到最近——希望全部落空了。」

我愣愣地站著，一句話也聽不懂。

「你看可憐的海斯汀，」白羅說，「我們現在說的話他一個字也聽不懂。」

她不快樂的雙眼和我四目相視。

「邁克·塞頓，那位飛行員，」妮可說，「我跟他訂過婚——而他現在死了。」

11 動機

這下子我傻眼了。

「這就是答案？」我問白羅。

「是的，我的朋友。今天早上我就知道了。」

「你是怎麼知道的？你是怎麼猜出來的？你說你吃早餐時答案就浮現在你眼前。」

「是這樣沒錯，我的朋友，就在報紙的第一版上。我想起昨天吃晚飯時的談話，於是就恍然大悟了。」

他又轉向妮可。

「你是昨天晚上聽到新聞報導的？」

「是的，我從收音機上面聽到的。我藉口去打電話，實際上是想獨自去聽新聞報導，萬一……」她把到了嘴邊的話又嚥了回去，「然後我就聽到了……」

「我知道，我知道。」他捧住妮可的小手。

「相當──相當可怕的消息。然後客人都到了。我真不知道自己是怎麼捱過的。這一切就像是一場夢。我可以從外面看到自己──舉止就像平常一樣，感覺非常怪異。」

「是的，我明白。」

「後來，當我去拿弗雷蒂的披肩時，有那麼一瞬間我真的崩潰哭了起來，但我又很快擦乾眼淚。這時候瑪姬一直吵著要找她的大衣。最後她拿了我的披肩出去，我急忙撲了點粉，搽了點口紅，隨後也跟了出來，可是她已經──死了……」

「是的，是的，這個打擊一定非常大。」

「不，你不懂，當時我氣極了！我希望死的是我！我想死，而我卻……活著，也許還要活上好些年！而邁克．塞頓卻死了，在遙遠的太平洋上淹死了。」

「可憐的孩子！」

「我不想活了，我告訴你，我不想活了！」她耍脾氣地叫了起來。

「我知道，我知道。小姐，對我們每個人來說，生命是有生不如死的時候。可是這一切都會過去的，哀愁和痛苦都會過去的。你現在無法相信這種說法，我知道。像我這麼個老頭子講什麼都沒用，都是一些廢話──這就是你的看法，廢話連篇。」

「你以為我忘得掉──然後去跟別人結婚嗎？絕不可能！」

她坐在床上，雙手緊握，臉上泛著紅暈，模樣十分可愛。白羅柔聲說道：「不，不，我完全沒有這個意思。你非常幸運，小姐。你被一個勇敢的人、一位英雄愛過。你是怎麼遇上他的？」

「那是在托基，去年九月。差不多一年前。」

「那麼你們訂婚是什麼時候的事？」

「就在聖誕節過後。可是我們不得不保密。」

「為什麼要保密呢？」

「邁克的叔叔馬修・塞頓爵士。他把鳥兒當作心肝寶貝，把女人當作仇敵。」

「啊，真是不可理喻。」

「呃，我並不完全是那個意思。老馬修是個脾氣古怪的人，他認為女人是男人的剋星。但他很喜歡邁克，並且為這個侄兒感到自豪。邁克非常依賴叔叔。那架信天翁號以及環球飛行的費用全是這位老人出的。這次環球飛行是邁克和他一生最大的夢想。只要邁克成功了，呃，那麼他就可以向他叔叔要求一切。即使到那時候馬修爵士仍對我們的婚事大發脾氣，那其實也無所謂了。邁克已經成為世界性的英雄，他叔叔最後一定會回心轉意的。」

「是的，我了解，我明白了。」

「不過邁克說，事成之前一點風聲也不能走漏，所以我一直守口如瓶，對誰也沒說過，哪怕是弗雷蒂也一樣。」

白羅悶哼了一聲。

「你要是能告訴我就好了，小姐。」

妮可睜大眼睛看著他。

「那又能怎麼樣呢？這不可能跟我碰上的神祕攻擊事件有任何關係吧？不，我答應過邁克，要遵守諾言。但這很可怕，焦慮、不安一直尾隨著我。大家都說我神經繃得太緊，但我又不能解釋。」

「是的，這一切我都了解。」

「他以前也曾失蹤過一次，那是他飛越沙漠去印度的時候。當時的情形叫人害怕，他的飛機受到損壞，但後來他修好了機器，化險為夷。我一直對自己說，這一次也會是如此。大家都說他死定了，而我一直告訴自己不會有事的，直到昨天晚上……」

她的聲音愈來愈低，最後終於聽不見了。

「你一直抱著希望？」

「我不知道，也許只是不肯相信吧。最令人受不了的是，對誰也不能談。」

「是的，小姐，這個我能體會。你從來沒想過要告訴——比方說，萊斯太太？」

「有時我是非常想要告訴她。」

「你不認為她猜得到你心中的祕密？」

「不，我不認為。」妮可思索這個可能性，「她什麼也沒說過。當然她有時候會對我做些暗示，像說我們是推心置腹的朋友之類的。」

「邁克的叔叔死了以後，你也沒打算告訴她嗎？你知道他大概一星期前過世了吧？」

「我知道，他動了手術什麼的。我認為我應該可以告訴任何人，但這樣做不太好吧？我是說，這樣會有炫耀的意味——在報上寫滿邁克的新聞時公布出來，而且記者會跑來訪問我。這一切有點不太體面。邁克不會高興的。」

「我同意，小姐，你不能公開宣布。但我想，你可以私下跟朋友說。」

「我是對一個人暗示過，」妮可說，「我想，那樣才公平。不過我不知道那個人聽懂了沒有。」

白羅點點頭，突然改變了話題。

「你和你表哥維士先生的關係是否融洽？」

「查爾斯？你怎麼想到他的？」

「我只是想想，如此罷了。」

「查爾斯是一番好意，」妮可說，「當然，他做人非常死板，從不逾越本分。我想，他不太贊同我的生活方式。」

「哦！小姐，小姐。我倒耳聞他拜倒在你的石榴裙下！」

「不贊同一個人，並不會阻擋你對他的感情。查爾斯認為我的生活方式應該加以譴責，他不贊成我喝雞尾酒、我的穿著打扮、我的朋友，還有我的談話內容。儘管如此，他還是對我神魂顛倒。他呀，老是想要改造我。」她停頓下來，慘然眨眼問道：「這些事你是從什麼地方打探來的？」

「你可別生氣，小姐，我曾經跟那位澳大利亞女士克夫特太太攀談了幾句。」

「她是個老可愛——如果有時間跟她耗的話，你就會知道。她非常濫情，喜歡談什麼愛情呀、家庭呀、孩子呀諸如此類，你知道的。」

「我也是個多情的老古板喔，小姐。」

「是嗎？我倒覺得海斯汀上尉是你們兩位當中較濫情的那一位。」

我憤慨地臉上發燙。

「啊，他在生氣了，」白羅看見我的窘態，高興得眉飛色舞。「不過你說得對，小姐，沒錯，你說得對。」

「完全不對！」我生氣地說。

「海斯汀的本質非常美好，但這對我而言常是一大阻礙。」

「別胡說了，白羅。」

「他呀，不喜歡看到有邪惡存在，而當他真的看見時，滿腔正直的憤慨之情就會強烈得讓他無法掩飾。總之，這是罕見的美好天性。不，朋友，我不容你反駁，事實就是如此。」

「你們倆對我都很好。」妮可柔聲地說。

「噯，小姐，這沒什麼。我們還有許多事要做呢。首先，你還得待在這兒，你得服從命令，照我說的行事。在這節骨眼上，我是不會讓步的。」

妮可無可奈何地嘆了口氣。

「你叫我做什麼我就做什麼。反正我都不在乎了。」

「目前你不能見任何朋友。」

「無所謂，我誰都不想見。」

「你扮演消極的角色，我們扮演積極的。現在，小姐，我們要走了。我們不再打斷你的憂傷時間。」他走到門口，轉著門把的手了停下來，轉過頭說：「順便問一下。你說過你立了遺囑。放在什麼地方——這份遺囑？」

「哦，隨便放在某個地方。」

「在懸崖山莊裡頭？」

「是的。」

「在保險櫃裡？還是鎖在抽屜裡？」

「呃，我真的不知道，反正在屋裡的某處。」她皺起眉頭。「我這個人非常懶散，你知道。文件這類的東西很可能放在書房的寫字桌裡，帳單什麼的也都放在那兒，遺囑可能就跟它們混在一起，再不然也可能在我臥室裡。」

「可以讓我去找找看嗎？」

「如果你想，好吧。隨你便吧。」

「多謝了，小姐。我會照你說的去找。」

12／愛倫

我們從療養院走出來的途中，白羅一聲不吭。到了外面，他一把抓住我的手臂。

「怎麼樣，海斯汀？這下明白了吧？嘿，我猜的沒錯！我猜的沒錯！我就知道少了什麼——整個拼圖少了一片。就因為少了這一片，整個事件就無從解釋了。」

他那幾近絕處逢生的得意相，對我而言簡直是莫名其妙。我不懂這有什麼好得意的。

「它一直都在那裡，而我卻沒看出來。不過我怎麼看得出來？要知道有些什麼，這倒是沒問題；可是要知道那是什麼，啊，這可就難上加難了。」

「你是說，這和命案有直接的關係？」

「我的朋友，難道你看不出來？」

「事實上，我是看不出來。」

「看不出來？哎呀，這是我們一直在找的目標——動機！隱藏不明的動機啊！」

「我可能太笨了，但我真的看不出來。你指的是嫉妒這類的動機嗎？」

「嫉妒？不，不，朋友，是稀鬆平常的動機，無可避免的動機。金錢，朋友，金錢！」

我瞠目結舌。他語氣較平靜地往下說。「聽我說，我的朋友。馬修．塞頓爵士就在一個星期前過世。這位爵士是個百萬豪富，英格蘭最有錢的人之一。」

「沒錯，不過——」

「別急，我們一步步來。他有個他努力培植的侄兒，因此我們斷定，他把他極為可觀的財產都留給了這個侄兒。」

「但是……」

「當然了，那些遺產會有一部分捐贈給他所愛好的鳥類保護事業，可是大部分的財產還是會落到邁克．塞頓手中。上星期二，邁克．塞頓據報失蹤，而就在星期三，攻擊妮可小姐的事件展開了。我們假設，海斯汀，邁克．塞頓在出發進行環球飛行之前曾立過遺囑，遺囑上聲明把一切全留給他的未婚妻。」

「這只是你的臆測罷了。」

「對，只是臆測，但一定不會錯的。如果不是這樣，那麼發生的一切事件就都毫無意義可言。這個賭注可不是一筆無足輕重的小遺產，而是一筆驚人的財富呀！」

我沉默了片刻，在心裡仔細盤算。我覺得白羅這樣下結論未免輕率，但也隱約相信他是對的。影響到我的是他那特別正確的第六感，不過，我還是覺得有不少疑點仍需澄清。

「要是他們的訂婚根本就沒人知道呢？」我辯駁道。

「哈！必定有人知道。這種事情不可能不走漏風聲。即使不知道，也可以用猜的啊。萊斯太太就疑心過——這是妮可小姐說的。她可能有辦法將心中的懷疑轉變成確認。」

「什麼辦法？」

「嗯，比如說吧，一定有邁克・塞頓寫給妮可小姐的信。他們訂婚有一段時日了。而她最好的朋友說她向來粗枝大葉，總是把一些東西隨手亂放——我懷疑她這輩子有沒有鎖過任何東西。嗯，沒錯，一定有確認的辦法。」

「弗雷蒂・萊斯知道她朋友的遺囑內容嗎？」

「這毫無疑問。噢！沒錯，現在範圍縮小了。你記得我列的那張從A到J的名單嗎？現在範圍縮小到只剩兩個人。我排除了傭人；排除了查林傑中校，雖然從普利茅斯到這兒的三十英里路他竟然花了一個半小時；排除了出價五十英鎊去買一幅僅值二十英鎊畫像的賴哲勒先生；我也排除了那兩位古道熱腸的澳大利亞夫婦。在我的名單上只保留兩個人。」

「一個是弗雷蒂・萊斯。」我緩緩說道。

她的臉孔，那金色的頭髮，那蒼白虛弱的身影，在我眼前閃現。

「對，她的嫌疑是很明顯的。不管妮可那份遺囑上面的措辭再怎麼散漫，她總歸是剩餘財產的繼承人。除了懸崖山莊之外，一切東西都歸她。如果昨天晚上死的不是瑪姬小姐而是妮可小姐，萊斯太太今天已經是個腰纏萬貫的富婆了。」

「我簡直無法相信。」

「你是說，你不相信一個如此美麗的女人會是殺人凶手？其實別說你了，法庭上的陪審員也一樣，一定不太容易說服他們。不過你可能說得對。還有一個人也很可疑。」

「誰？」

「查爾斯・維士。」

「但他只繼承到房子呀。」

「是的，不過他可能不知道這一點。是他替妮可起草遺囑的嗎？我想不是。因為如果是他起草的，這份遺囑就會由他保管，而不是『隨便放在某個地方』什麼的。所以你看，海斯汀，他可能對這個遺囑一無所知，甚至以為她根本沒有立過遺囑。就這一點來說，他就能以第一順位的身分繼承一切。」

「你看，」我說，「這個可能性好像真的比較大。」

「這是你的浪漫心理在作祟，海斯汀。居心險惡的律師，是小說裡經常出現的角色。維士是個律師，再加上一張冷淡的面孔，你就以為是他幹的了。當然，從某些方面來看，他的確比萊斯太太更可疑。他比較有可能知道那把手槍放在那裡，同時也比較有可能使用它。」

「還有把那顆石頭推下峭壁。」

「或許吧。雖然我說過，只要有一根槓桿，這件事誰都辦得到。再說那塊石頭推下去的時間不對，結果沒傷著妮可，這看起來倒像是女人幹的。在觀念上來說，在車子上面動手腳比較像是男人才想得到的點子——雖然現在許多女人和男人一樣都是機械能手。不過從另一方面來看，如果我們懷疑維士先生是凶手，這裡頭有一兩個地方解釋不通。」

「比如說——」

「和萊斯太太比起來，他比較不可能得知妮可小姐訂婚的消息。還有，他的行動有點輕率。」

「你這話是什麼意思？」

「在昨天晚上之前，塞頓之死僅僅是人們的猜測。對一個具有法律頭腦的人而言，沒有確認之前就輕率行動，似乎不太合乎邏輯。」

「說的也是，」我說，「女人就會妄下定論。」

「沒錯，女人就是這樣。」

「妮可至今仍能安然無恙地活著，真是奇蹟。這幾乎要令人難以相信了。」

突然間，我想起弗雷蒂說「妮可的生命受到神靈守護」這話時的語氣，不禁顫抖起來。

「是的，」白羅若有所思地說道，「但功勞不在我，真是慚愧得很。」

「是老天保佑吧。」我喃喃地說。

「啊，我的朋友，我不會把人類的過錯歸咎於上帝。當你在星期天早上向上帝致謝時，你忘了，你其實說的是，祂害死了瑪姬．巴克利小姐。」

「真是的，白羅！」

「是真的，我的朋友！但是我不會坐下來說『既然上天安排了一切，我只需要袖手旁觀』。因為我認為上帝把我送到這個世界上，就是要我代祂出面干涉。這是我的天職。」

我們沿著羊腸小徑慢慢地登上山頂。這時我們已經通過小鐵門，走進懸崖山莊的花園。

「啊，」白羅說，「這條路真陡，我走得滿身是汗，連鬍子都軟下來了。正如我剛才所說，我是站在無辜者這一邊。現在我站在妮可小姐那邊，因為她受到攻擊。我也站在瑪姬小姐這邊，因為她被殺害了。」

「所以你對抗的是弗雷蒂·萊斯和查爾斯·維士。」

「不，不，海斯汀，我並不抱持成見。我只是說，目前看來這兩個人當中有一個可能有問題。嘖！」

我們來到了屋旁的草地上。一個外貌愚蠢、雙眼灰暗的長臉男人正在推動一台割草機。他身旁有個約莫十歲的小男孩，相貌奇醜但看來相當聰明。

我忽然想起剛才我們好像沒有聽到割草機運作的聲音，但我斷定這園丁並非賣力工作之人。他可能正停下來休息，聽到我們的腳步聲才趕緊起身做工。

「早安。」白羅說。

「早安，先生。」

「我想你大概是園丁吧，是在屋裡工作的那位太太的丈夫。」

「他是我爸爸。」小男孩說。

「是的，先生。」園丁說，「我想，你就是那位外國紳士，同時也是一位偵探。我們年輕的女主人可有什麼消息？」

「我剛從她那裡來。她度過一個很平安的夜晚。」

「剛才警察在這裡，」小男孩說，「喏，就在台階那兒。昨天小姐就是在那裡被人殺掉的。我以前有一次看過豬被殺死，對吧，爸爸？」

「哦，」他父親不帶感情地說。

「爸爸在農場做工時常常殺豬，是不是，爸爸？我看過一隻豬被殺死。真是好看。」

「小孩子喜歡看殺豬。」那位父親好像在述說一項不可改變的天性似的。

「被手槍幹掉的那個小姐，」男孩又說下去，「不是被割斷喉嚨，不是。」

我們走進屋子，謝天謝地，總算擺脫了那個恐怖的小孩。

白羅進了客廳就按鈴叫人，裡面的窗子仍然開著。愛倫穿著一身整潔的黑衣服應鈴而來，見到我們時她並不表驚訝。

白羅告訴她我們已得到妮可的同意，要來搜查這幢房子。

「好的，先生。」

「警察已經來過了？」

「他們說他們已經查看完畢，先生。他們一早就待在花園裡。我不知道他們找到什麼東西沒有。」

她正要走開，白羅叫住她問了個問題。

「昨晚當你聽說巴克利小姐被槍殺時，是否感到非常驚訝？」

「是的，先生，我嚇壞了。瑪姬小姐是個好人，先生。我想不通怎麼會有人這麼惡毒想要殺她。」

「如果是別人，你就不會這麼驚訝，是嗎？」

「你這話是什麼意思，先生？」

「昨晚，當我走進大廳時，」我說道，「你馬上問說是否有人受傷了。你是不是預料到會有這種事情發生？」

她沉默不語，手指揉搓著衣角。她搖頭喃喃說道：「先生們，你們不會了解的。」

「會的，會的，」白羅說，「我會了解的。不管你說得再怎麼古怪荒唐，我都能了解。」

她狐疑地看著他，最後似乎決定相信他。

「你知道，先生，」她說，「這不是一幢好房子。」

我聽了感到意外，同時有點不屑。白羅卻好像覺得這種說法沒什麼不尋常。

「你是說，這是一幢古老陳舊的房子。」

「是的，先生，這不是一幢好房子。」

「你在這裡很久了吧？」

「六年了，先生，不過，當我還是個年輕小女孩時，就在這裡做過廚房女僕。那時候老妮可先生還在世。當時也是一樣。」
白羅全神貫注地看著她。
「在老房子裡，」他說，「有時候有一股森冷的邪氣。」
「正是，先生。」愛倫急切地說，「有股邪氣，還有邪惡的想法和邪惡的行為。就像屋裡的乾腐味，先生，總是無法去除掉。那是空氣中的一種感覺，我知道總有一天要出事。」
「嗯，事實證明你是對的。」
「是的，先生。」
她的聲音裡隱含著輕微的滿足意味，那是一個人幽暗的預言獲得證實的滿足感。
「但你沒想到會是瑪姬小姐。」
「這倒是真的，先生，沒有人恨她，這點我很有把握。」
在我看來，這句話似乎內藏線索。我期待白羅追問下去，然而令我驚訝的是，他轉移到一個相當不同的話題上。
「你沒聽到槍聲？」
「那時正在放煙火，我聽不到，吵得很。」
「你沒出去看煙火？」
「沒有，我還沒收拾好晚飯桌上的餐盤。」
「服務生在幫你忙？」

「不，先生，他到花園裡看煙火去了。」

「但你卻沒去。」

「是的，先生。」

「為什麼呢？」

「我想把工作做完。」

「你對煙火不感興趣？」

「噢，不是的，先生，不是這個緣故。但是你知道，煙火會放兩個晚上，我和威廉明晚休息，我們要到城裡去看煙火。」

「我明白了。那麼你有聽見瑪姬小姐在找她的外套，但是找不到？」

「我聽到妮可小姐跑上樓去，先生，而巴克利小姐在前廳叫說她找不到什麼東西，然後我又聽見她說：『好吧，我就穿你那件披肩……』」

「對不起，」白羅打斷她的話。「你沒有主動幫她去找那件外套，或者幫她到汽車裡去拿來給她？」

「我有我的工作要做，先生。」

「沒錯，而且無疑的，兩位小姐都沒有要你幫忙，因為她們以為你到外邊看煙火了？」

「是的，先生。」

「這麼說來，往年這個時候，你都會出去看煙火？」

她蒼白的雙頰突然泛紅起來。

「我不知道你這是什麼意思，先生，我們一向可以自由到花園裡去。如果今年我不想出去看，情願把工作做完然後去睡覺，我想，這是我的自由。」

「是的，是的，我並沒有冒犯你的意思，你為何不能隨自己高興做事呢？改變一下，其樂無比。」他停頓一下，又接著說：「還有一件小事不知你能否幫幫我。這是一幢古屋，你是否知道，這裡頭有沒有密室？」

「呃，是有一道滑動嵌板之類的東西，就在這個房間裡。我記得年輕的時候有人拉開給我看過。只不過現在，我記不得在哪裡了。或者在書房裡？我真的說不上來。」

「那密室足夠讓一個人藏在裡面嗎？」

「噢！不，先生，藏不下的，那只是一個小小的櫥櫃，像壁龕之類的地方，大約一呎見方而已，先生，最多就這麼大。」

「啊，我指的根本不是這個。」

她的臉又紅了。

「如果你以為我躲在什麼地方——我沒有！我聽到妮可小姐跑下樓，出了房子，然後我又聽見她大叫，這時我就走進大廳看看是不是——是不是出了什麼事。這是真的，先生，我說的話就像聖經福音一樣，句句實言。」

13 信件

成功打發走愛倫之後，白羅若有所思地轉向我。

「我在想，她聽到槍聲沒有呢？我覺得她是聽到的。她聽到槍聲後就打開了廚房門，她聽見妮可急急下樓走出去，然後她自己也跑到大廳來看看發生了什麼事。這是很自然的。但昨晚為什麼她沒出去看煙火呢？這事我很想弄個清楚，海斯汀。」

「你問她什麼密室的事要做什麼？」

「這只是突發奇想罷了。不過，我們並沒有解決那J的問題呀。」

「J？」

「就是我那張名單上的最後一個，那個很有問題的陌生人。假設那人跟愛倫有某種關係，而且昨晚到這兒來了。他（暫定是個男的）藏身於這房間的一個密室。後來有一個他以為是妮可的女孩經過，他跟著她出去——然後向她開了槍。不，這個假設太愚蠢了！不管怎麼說，我們知道這裡並無可藏身的密室。愛倫昨晚會留在廚房，純粹是個偶然。來吧，我們去找妮可的遺囑。」

客廳裡什麼文件也沒有。我們走進書房，這是一間窗戶面向車道、光線黯淡的房間，裡面有一張樣式古老的胡桃木寫字桌。

我們花了不少時間才搜完，所有的東西都雜亂無章，帳單和收據全混在一起；邀請函、催款通知單和朋友的信件，統統都放在一塊。

「我們來整理一下吧，」白羅斷然說，「讓它們各自歸位。」

他馬上動手，半小時後他表情愉快地靠回椅背上，一切東西都整齊地分類、標記、裝夾匣完成。

「這就好啦。至少有一個好處：每樣東西都會被徹底檢查過，而且萬無一失，別無遺漏。」

「說的也是，但這些也沒什麼好找的。」

「可能這個除外！」

他丟給我一封信。字體寫得又大又潦草，幾乎無法辨認。

親愛的，宴會棒極了。今天我的精神十分委靡。你沒去碰那玩意是對的——永遠別起這個頭，親愛的。要想戒掉實在是太難了。我要寫信給那位男性朋友趕緊補貨。這是什麼鬼生活啊！

你的弗雷蒂

「是去年二月寫的，」白羅若有所思地說，「很明顯，她在吸毒，我第一眼就知道了。」

「真的嗎？我從來沒想過。」

「這相當明顯，只要看她的眼睛就知道了，還有她那變化莫測的情緒反應。有時她神經緊張、繃得很緊——有時了無生氣、遲鈍至極。」

「吸毒會影響一個人的道德感吧？」

「這是不可避免的。但我認為萊斯太太還未上癮，她才剛開始，陷得不算深。」

「妮可呢？」

「她沒有這種跡象。她可能偶爾為了好玩而參加吸毒派對，但她不是吸毒者。」

「還好是這樣。」

我突然想起妮可說過弗雷蒂「有時候她根本不知道自己在說些什麼」那句話。白羅點點頭，輕拍手上拿的那封信。

「她指的是吸毒這件事，應該沒錯。呃，正如你所說的，我們在這兒的搜查工作的確徒勞無功。我們上樓去妮可的臥室吧。」

妮可的臥室裡也有一張書桌，但裡頭空盪盪的，找不到遺囑的蹤影。我們找到她的汽車執照，還有一張上個月的紅利股息票券。其餘別無什麼重要的東西了。

白羅生氣似地嘆道：「時下這些年輕小姐，都沒受過適當的訓練。她們所接受的教養，完全漏掉了條理和方法這兩項。這位妮可小姐，她是有魅力沒錯，但她是個粗線條！」

他正在搜查某個抽屜裡面的東西。

「哎呀，白羅，」我有點難為情地說，「那些是內衣褲。」

他驚訝地停了下來。

「那又怎樣？」

「難道你不認為——我是說，我們不應當——」

他突然放聲笑了起來。

「哦，可憐的海斯汀，你絕對是維多利亞時代的老古板。如果妮可小姐在這裡，她也會這樣對你說。她一定會說你迂腐不堪！在現在這個時代，無論是大家閨秀還是小家碧玉，都不會為她們的內衣褲感到羞恥。那些胸衣、襯褲之類的東西，早已不是什麼羞於見人的東西了。在海灘上，每天都有女孩在你身邊脫下這些衣物。」

「我看不出你有什麼必要去翻她的抽屜。」

「聽我說，我的朋友。顯然她沒有習慣把她的寶貝鎖起來，那位妮可小姐。如果她想藏什麼東西，她會藏到哪兒去呢？在襪子和襯裙下面。啊哈！我們找到了什麼？」

他捧起一包用褪色粉紅絲繩紮起來的信件。

「如果我沒猜錯，這是邁克．塞頓先生寫來的情書。」

他鎮定地解開繩子，同時把那些信一一展開。

「白羅，」我義憤填膺地叫了起來，「你不能那麼做！這可不是鬧著玩的。」

「我並不是在鬧著玩，我的朋友，」他的聲音突然變得刺耳嚴厲。「我是在追捕殺人凶手。」

「是的，但私人信件……」

「這些信可能不會提供什麼線索——但從另一方面來說，它們卻有此可能。我必須把握每一個機會，我的朋友。來吧，跟我一起讀這些信。兩雙眼睛總比一雙強。你就這樣為自己開罪好了：想想那位忠實可靠的愛倫，她對這些信早已熟得可以倒背如流。」

我還是不喜歡。雖然我明白，站在白羅的立場上，他可不能客氣拘謹，所以我就用妮克那句模稜兩可的話「隨你便吧」來安慰自己。

這些信涵蓋了幾個日期，第一封是去年冬天寫的。

親愛的：

新年到了，而我正在做些決定。這真是太好了，好得不像是真的——你竟真的愛著我。你使我的生命完全改變了，這一點，相信我們倆都知道——從我們相遇的那一刻開始。

新年快樂，我可愛的女孩。

永遠是你的　邁克

元旦

最親愛的愛人：

多麼希望能更常見到你，像現在這樣真叫人難受。我不喜歡這樣避人耳目，但我向你解釋過事情的狀況。我知道你多麼痛恨說謊和隱瞞，我也是。但小不忍則亂大謀，馬修叔叔非常忌恨早婚，他說這會毀滅男人的事業。說得好像你會毀掉我的事業似的，真是的，我親愛的天使。

振作起來，親愛的，一切都會好轉的。

你的邁克

二月八日

我知道不該一連兩天寫信給你，但我非寫不可。昨天醒過來時我想到了你。我飛越斯卡伯勒，歡樂和幸福之眾神保佑的斯卡伯勒，世界上最叫人迷戀的地方。親愛的，你不知道我愛你愛得心碎。

你的邁克

三月二日

我最親愛的：

一切都安排好了。如果我能完成這次的飛行（我一定會成功的），我在馬修叔叔面前就能採取堅定的態度。如果他因此不高興，那又有什麼關係呢？你對我那番冗長的信天翁號的技術描述這麼感興趣，令我非常高興。我多麼盼望能帶你在天空翱翔。來日終有這麼一天的！看在老天爺的份上，別為我擔憂。這次飛行聽起來很危險，實際上沒那麼危險。我不會出事的，因為我知道你愛我，一切都會沒事的，甜心。

你最忠實的邁克

四月十八日

小天使：

你所說的每個字都是對的，我會永遠珍藏你那封信。我覺得我實在配不上你，你是那麼與眾不同。我仰慕你。

你的邁克

四月二十日

最後一封信沒有日期。

最親愛的：

我明天起飛。我感到非常振奮、激動，而且懷著必勝的信心。信天翁號一切就緒，它不會讓我失望的。

振作起來，甜心，別為我擔憂。它是有冒險的成分在，但生命本身就是一場冒險。順便告訴你，有人說我應當立下遺囑（狡猾的傢伙，但他是出於一片好意），所以我就立了，立在半張便條紙上，寄給了老惠特菲爾。我沒時間親自送去。有人曾經告訴我，某人立的遺囑只有四個字：「全給母親。」這樣的遺囑在法律上也一樣生效。我的遺囑跟那份很像——我記得你的名字其實叫瑪格黛勒，我的記憶力不錯吧？這份遺囑有兩個見證人。

別把我立遺囑的事看得太嚴重，好嗎？（我那樣做沒有什麼特別意義，只是突然想到而已。）不會有事的。我會從印度和澳大利亞發電報給你。要有信心，一切都會順利的，明白嗎？

晚安，上帝保佑你！

邁可

白羅把信重新摺疊好。

「明白了吧，海斯汀，我非得看這些信不可——以便確定一下，正如我告訴過你的。」

「但是，你也可以用其他方式來確定吧？」

「不，我的朋友，我別無他法，非得用這種方式不可。我們現在掌握了一些非常有用的證據。」

「怎麼說？」

「我們現在知道邁克已寫下書面資料指定妮可小姐為遺產受益人。任何人只要看了這些信，都可以知道這件事。而那些信這麼隨意地藏在抽屜裡，任何人都看得到。」

「愛倫？」

「愛倫應該看過，我可以這樣斷言。我們出去的時候，不妨對她做個小小的實驗。」

「沒有見到遺囑的蹤跡。」

「是沒有，這很怪。但它很可能被扔到書架頂端，或是塞進一個瓷花瓶裡面去了。我們必須設法喚醒妮可小姐的記憶。不過，總之，這兒沒什麼可以找了。」

我們下樓時，愛倫正在大廳清理灰塵。我們從她身邊經過的時候，白羅愉快地向她道聲早安。走到前門時，他又回過頭來說：「我想，你可能知道巴克利小姐和那個飛行員邁克．塞頓訂過婚吧？」

她睜大眼睛。

「什麼？就是各家報社都大驚小怪的那個飛行員嗎？」

「是的。」

「呃，我沒聽說過。天啊，他跟妮可小姐訂婚！」

當我們走出房子時，我對白羅說：「全然的驚訝，非常逼真。」

「是的，的確像真的一樣。」

「她或許是真的感到意外。」我提出我的觀點。

「那些信放在內衣褲底下好幾個月她都沒動過？不，我的朋友。」

「隨你怎麼想吧，」我暗自思忖，「不過我們可不是赫丘勒·白羅。我們不會去刺探與己無關的事。」但我什麼也沒說出口。

「這個愛倫，她是個謎。」白羅說，「我不喜歡這個謎。這兒有些事我還弄不懂。」

14 遺囑失蹤之謎

我們直接回到療養院去。

見到我們時，妮可顯得相當驚訝。

「是啊，小姐，」白羅回答她詢問的目光，「我就像變魔術一樣，又冒出來了。首先我要告訴你，我們把你的東西整理好了，現在每樣東西都井然有序了。」

「是該整理一下，」妮可忍不住笑了起來，「白羅先生，你非常一絲不苟嗎？」

「你可以問問我這位朋友海斯汀。」

女孩詢問的眼光轉向我。我詳述了一些白羅異於常人的小地方：吐司麵包非得是從方正的麵包上面切下來；蛋的大小要一致；他反對高爾夫球運動，認為那是一種「隨隨便便」、「不成體統」的運動，唯一還像樣的就是高爾夫球座！我最後告訴她一個著名的案件，破案的關鍵得歸功於白羅有把壁爐架上的擺設排整齊的習慣。

坐在一旁的白羅含笑而聽。我講完後他說：「他的故事說得不錯，不過，大致上他說的都是實情。你想想看，小姐，我一直想說服海斯汀把頭髮中分而不要側分。你瞧他側分的模樣——不對稱、又不平衡。」

「這麼說來，你看我也一定不太順眼，白羅先生？」妮可說，「我的頭髮也是側分。不過我想你對弗雷蒂想必十分讚賞，因為她的頭髮是中分。」

「那天晚上他對萊斯太太的確相當欣賞，」我不懷好意地說，「原來原因就在這裡。」

「好了，好了，」白羅說，「我到這兒來是為了一件正經事，小姐，你那份遺囑我找不到。」

「哦，」她皺起眉頭，「那東西有這麼重要嗎？畢竟我還沒死啊。何況，人還活著時，遺囑其實並不重要，不是嗎？」

「說得對，不過我還是對這份遺囑感興趣，對它，我有我的一些小想法。小姐，想一想吧，盡量想一下你把它放在什麼地方。你最後一次是在哪裡看到它的？」

「我好像沒有把它放在某個特別的地方，」妮可說，「我從來不曾把東西好好收起來。可能我把它塞進哪個抽屜了。」

「你不會是把它放進祕密嵌板去了吧？」

「祕密什麼？」

「你的女傭愛倫說，客廳還是書房裡有一個祕密壁龕。」

「胡說，」妮可道，「我從來沒聽說過有這種東西。是愛倫說的嗎？」
「對。她年輕時好像曾在懸崖山莊當過女傭。當時有人打開給她看過。」
「這是我第一次聽到有這種東西存在。我想我祖父知道，但他沒跟我提過。而我相信，如果真有這麼一個祕密壁龕的話，他會告訴我。白羅先生，你確定愛倫不是信口開河嗎？」
「不，小姐，我一點也無法確定。我覺得——你那位愛倫是有點古怪。」
「噢，我倒不會說她古怪。威廉是個白癡，他們的兒子是個殘忍的小畜生，不過愛倫很好，是個正派的人。」
「昨天晚上你並沒反對她出去看煙火吧，小姐？」
「當然不反對。他們總是先出去看煙火以後，才回來收拾餐具。」
「但她昨晚沒出去看。」
「哦！不，她有出去。」
「你怎麼知道的，小姐？」
「這……這……其實我也不知道。我告訴她可以出去看煙火，她向我道謝，所以我猜想她一定出去了。」
「正好相反，她待在屋子裡。」
「可是，這多麼奇怪啊！」
「你覺得奇怪？」

「是的，我是覺得奇怪，我確定她以前不是這樣的。她有說明原因嗎？」

「她沒說出真正的原因，這一點我很確定。」

妮可以質疑的眼光看他。

「這——很重要嗎？」

白羅攤開雙手。

「我無法回答這個問題，小姐。只是這令人感到奇怪。我暫且這麼說吧。」

「還有那個什麼祕密壁龕的事，」妮可回想著說，「真讓我納悶，而且叫人無法相信。她有沒有帶你去看是設在何處？」

「她說記不得位置了。」

「我絕不相信有那種東西存在！」

「但聽她的口氣，好像是有的。」

「她一定是快瘋了，可憐的傢伙。」

「不，她確實詳述過來龍去脈！她還說懸崖山莊是一幢不吉祥的房子。」

妮可打了一個寒噤。

「也許她說得對，」她慢吞吞地說，「有時我自己也這麼想。在那幢房子裡，是有一種怪異的感覺……」

她的眼睛睜大而陰暗，帶著一種命定的眼神。白羅趕緊以別的話題喚醒她。

「我們離題太遠了，小姐。還是談遺囑吧——瑪格黛勒．巴克利小姐的最後遺囑。」

「我立過，」妮可有點驕傲地說，「我記得我立過遺囑，而且我在遺囑上說要償付一切債款和遺囑費用。這句話是我從一本書上學來的。」

「你沒有用正式的遺囑形式？」

「沒有，沒有時間那麼做，我當時正要離家到醫院。況且克夫特先生說使用遺囑形式很危險，不如寫個簡單一點的，避免太過法律化比較好。」

「克夫特先生？他當時在場？」

「是的。就是他問我有沒有立過遺囑。我自己從來沒有想過。他說，如果出了意外卻沒有……」

「沒有事先立好遺囑。」我說。

「是的，他說如果沒立下遺囑就死掉，大部分的財產會被充公，那樣很可惜。」

「真是非常幫忙，這位優秀的克夫特先生！」

「是啊，」妮可衷心地說，「他把愛倫和她先生找來當見證人。噢！對了！我怎麼這麼笨！」

我們困惑地望著她。

「我真是白癡。還讓你們到懸崖山莊到處去找。遺囑在查爾斯那裡，是的，在我的表哥查爾斯．維士那裡！」

「哦，原來如此。」

「克夫特先生說，律師是最理想的遺囑保管人。」

「沒錯，這位克夫特先生人可真好。」

「男人有時挺管用的，」妮可說，「尤其是律師或銀行家——這是他說的。而我覺得查爾斯最好，所以就把遺囑裝進信封，直接寄給查爾斯了。」

她往後靠回枕頭上，輕輕嘆了口氣。

「我怎麼這麼笨，真是抱歉。不過現在總算想出來了，遺囑在查爾斯那邊。如果你們想看，他當然會交出來。」

「沒有你的授權可不行。」白羅笑道。

「真可笑。」

「不，小姐，這是為了謹慎起見。」

「呃，我還是覺得很可笑。」她從床頭的小書架上拿了一張紙。「該寫什麼呢？讓狗看看兔肉？」

「什麼？」

我對著他吃驚的表情大笑。

白羅口授了幾句話，妮可順從地寫在紙上。

「謝謝，小姐。」白羅把紙條接過來。

「對不起，給你們添了這麼多麻煩。但我真的是忘了，你知道，有些人什麼事情都是一轉眼就忘記吧？」

「心理若有條理、方法，就什麼也不會忘記了。」

「我得去上上課，」妮可說，「你讓我覺得非常自卑。」

「別這麼想。再見了，小姐。」他環顧室內。「這些花開得很美。」

「可不是嗎？康乃馨是弗雷蒂送的，玫瑰花是喬治送的，百合花是吉姆·賴哲勒送的。再看這個——」

她把身邊一個大籃子上面的包裝紙揭開，露出一籃溫室裡種出來的葡萄。

白羅一見，臉色都變了。他急忙走了兩步。

「你沒吃過吧？」

「還沒有。」

「千萬別吃！不能吃外面送來的任何東西，小姐，你明白吧？」

「哦！」

她睜大眼睛凝視著他，臉上的紅暈漸漸消退了。

「我懂了。你認為——你認為事情還沒結束。你認為他們還有企圖？」她細聲說道。

白羅握住她的手。

「別去想這件事了。你在這裡是安全的。不過記住，外來的東西千萬不要吃！」

離開這個房間之後，枕頭上那張嚇白的臉仍印在我腦海中。

白羅看看錶。

「好。我們正好來得及在查爾斯．維士離開辦公室去吃午飯前見到他。」

一到維士的律師事務所，我們馬上就被迎進他的辦公室。

年輕的律師站起來迎接我們。他和往常一樣公事公辦，不表露情感。

「早安，白羅先生，我能為你效勞嗎？」

白羅沒說廢話，直截了當拿出了妮可寫的紙條。他接過去看了一遍，然後抬起頭來，用困惑的眼光望著我們。

「對不起，我真的不明白……」

「巴克利小姐沒把她的意思寫清楚嗎？」

「在這張便條上，」他用指尖輕敲便條。「她說她要我把她去年二月所立並託付給我的遺囑交給你。」

「沒錯，先生。」

「但是，親愛的先生，她並沒有把什麼遺囑交給我保存過！」

「什麼？」

「就我所知，我的表妹沒有立過遺囑，我也根本沒幫她起草過一份遺囑。」

「是她自己立的，我知道，是寫在一張便條紙上，然後寄給你。」

律師搖搖頭。

「既然如此，我告訴你，我從來沒收過這麼一份遺囑。」

「真的嗎，維士先生？」

「我從沒收到過那種東西，白羅先生。」

一陣停頓，然後白羅站了起來。

「既然這樣，那就沒有什麼可說的了，維士先生。一定是哪裡搞錯了。」

「一定是搞錯了。」他也站了起來。

「再見，維士先生。」

「再見，白羅先生。」

重新走回街上之後，我對白羅說：「就這樣了。」

「正是。」

「你想——他在撒謊嗎？」

「很難說。那位維士先生有一張看不透的撲克臉。但有一件事可以肯定，他不會在他所採取的立場上讓步。他從未收過那份遺囑——這就是他的重點。」

「妮可那邊當然會有一張收據吧？」

「可惜，那孩子才不會想到這種事哩。她把它寄出之後，就立刻忘得一乾二淨。再說，那天她要進醫院割掉盲腸，哪裡還有什麼心思！」

「那麼，現在我們怎麼辦？」

「去看克夫特先生。讓我們看看這件事他能提供什麼線索。這件事八成是他的傑作。」

「不管從哪方面來看，他都無法從中得利。」我思索著說。

「是的，看不出來對他有什麼好處。他或許只是愛管閒事，喜歡幫鄰居處理事務。」

我覺得，克夫特先生正是這種人。他是那種造成世界紛紛擾擾的好心萬事通先生。

來到他家時，我們看見他正捲起袖子在廚房裡享受烹調之樂。小屋裡香氣四溢。克夫特先生一見到我們，便急著要討論凶殺案而放下烹調工作。

「到樓上去吧，」他說，「這事孩子的媽可感興趣呢。如果我們在這裡談，她一定不會原諒我們。喂，米莉，有兩位朋友上來啦！」

克夫特太太熱情地和我們寒暄，同時急於了解妮可的近況。比起她丈夫，我覺得我比較喜歡她。

「可憐的好女孩，」她說，「她還住在療養院裡？完全崩潰了，這也難怪。那件血案實在太可怕了，白羅先生，實在太可怕了。一個那樣無辜的女孩被射殺死亡，想起來就教人無法忍受，真的無法忍受。又不是在什麼無法無天的野蠻世界，我們是在這古老國家的中心地帶上耶！害我整晚都睡不著。」

「想到我一出去，你就會孤單一個人，這讓我感到提心吊膽，老伴，」她丈夫穿上外套加入我們的談話，「一想起昨天晚上把你一個人留在家裡，我就不安，那令我全身發抖。」

「你可不能再離開我了吧？」克夫特太太說，「至少天黑之後不行。我希望離開這個地方，而且愈快愈好。我的感覺永遠不會和以前一樣了。我想，可憐的妮可．巴克利再也不敢在那幢古老的房子裡過夜了。」

要達成我們此行的目的有點困難。克夫特夫婦兩人都多話，而且迫不及待想知道一切：死者的家屬來了沒？葬禮幾時舉行？是否還要開庭驗屍？警方有何高見？人們可有任何線索？傳聞在普利茅斯有人被捕，此事當真？

一一回答了這些問題之後，他們堅持留我們吃午飯。白羅藉口說得回去和警察局長共進午餐，這才讓他們打消主意。

終於，短暫的停頓出現。白羅趕緊提出一直想問的問題。

「哦，這件事，」克夫特先生拉動百葉窗的繩子，心不在焉地對它皺起眉頭。「我當然記得。那大概是我們剛到此地不久的事。盲腸炎，當時醫生說的……」

「可能根本不是什麼盲腸炎，」克夫特太太插嘴。「這些醫生，只要有機會，他們老想在你身上動刀，而且這一刀其實根本不用挨。她只不過有點消化不良，他們就煞有其事地給她照X光，還說割掉的好。就這樣，可憐的小丫頭去了討厭的醫院。」

「我正好問她，」克夫特先生說，「有沒有立過遺囑。當時開玩笑的成分居多。」

「後來呢？」

「她馬上就動筆寫了，說什麼要到郵局去買一張遺囑正式書，但我勸她不必那麼小題大做。有人告訴我，立一份正式遺囑會惹出許多麻煩。反正她表哥是個律師，如果手術順利，事後他可以替她起草一份正式的——當然我知道不會出什麼事。立個簡單的遺囑，只是預防萬一罷了。」

「誰做見證人？」

「哦，愛倫，那個女傭人，還有她丈夫。」

「後來呢，那份遺囑怎麼處理？」

「我們把它寄給維士，就是那個律師，你知道的。」

「確實寄出去了嗎？」

「我親愛的白羅先生，是我親自去寄的。我把它投進大門旁的郵筒。」

「這麼說來，如果維士先生聲稱他未曾收到……」

克夫特呆住了。

「你是說郵局把它寄丟了？哦，那是不可能的啊！」

「總之，你確信你把它寄出去了？」

「十分確定，」克夫特先生認真地說，「我隨時都可以發誓。」

「好吧，」白羅說，「幸好這影響不大，巴利克小姐還不可能死掉。」

我們告辭後朝旅館走去時，白羅說：「誰在撒謊？克夫特先生？還是查爾斯・維士先生？我必須承認，我看不出克夫特先生有什麼理由要撒謊。把遺囑藏起來對他有什麼好處？

況且立遺囑還是他的建議。不，不是他，他的說詞非常清楚，而且和妮可小姐的說法相當吻合。但是——」

「但是什麼？」

「但是我很高興當我們抵達時，克夫特先生正在燒菜。他在廚房桌上的報紙角落上，留下了大拇指和食指油膩膩的指紋。我趁他不留意時把它撕了下來。我要把這些指紋送到我們的好朋友——蘇格蘭警場的傑派探長那兒請他查一查。他可能會告訴我們一些什麼。」

「會是什麼呢？」

「你知道嗎，海斯汀，我總覺得這位和藹可親的克夫特先生有點真誠過了頭。」然後他改變了話題，「不過，現在去吃中飯吧，我餓得手腳發軟了。」

15 弗雷蒂的反常行為

事實證明，白羅所杜撰的與警察局長之約，並不完全是假造──吃過中飯，韋斯頓上校就來拜訪我們了。他長得相當帥，是個頗有軍人架式的高大男子。他對白羅過去的豐功偉績表現出恰如其分的敬意。

「有你在這裡，真是我們不可多得的榮幸，白羅先生。」他不厭其煩地說。

他生怕不得不求助於蘇格蘭警場，一心希望能獨力偵破此案逮捕凶手。所以白羅在這一帶出現，令他深感欣慰。

根據我的判斷，白羅對上校十分信任。

「真怪，」上校說，「從來沒聽過這種事。呃，那女孩待在療養院裡應該很安全，但你總不能叫她永遠住在那裡呀。」

「這正是困難所在，上校先生，要解決這個難題只有一個辦法。」

「什麼辦法？」

「我們必須捉到凶手。」

「如果你的懷疑沒錯，那麼這可不是件容易的事。」

「啊！這我知道。」

「證據！蒐集證據將是一大難題！」他茫然地緊蹙雙眉，「這種案子總是那麼困難重重，根本沒有固定的方法可循。如果我們能找到那把手槍——」

「怎麼看，手槍都很可能是在海底。也就是說，如果凶手有腦筋的話。」

「啊，」韋斯頓上校說，「可是他們通常都沒有。人們做出來的蠢事往往會叫你驚訝不已。我並不是說謀殺案——我們這裡不大有謀殺案發生，我很高興能這麼說——我說的是一般的刑事案件，那種全然的疏忽和愚笨會叫你嘆為觀止。」

「他們另有一套想法吧。」

「是的，可能吧。如果那個人是維士，那我們的工作就很難進行了。他是個謹慎的人，也是個穩健的律師。他不會敗露形跡的。如果是那個女的，那就比較好辦，十有八九她還會再下手。女人是沒有耐性的。」他站起身來。「明天上午舉辦驗屍審訊，驗屍官會跟我們合作，他不會大肆聲張。目前我們想暗中進行，不能弄得沸沸揚揚。」

他走向門口，突然又走回來。

「老天，我把一件你們會非常感興趣的事忘了。我想聽聽你們對這東西的看法。」

他又坐了下來，從口袋裡掏出一張揉成一團的字條，遞給白羅。

「我的手下在搜查地面時發現這個。離你們昨晚看煙火的地方不遠。這是他們找到唯一具有暗示性的東西。」

白羅把它攤平。上頭的字寫得很大，而且歪歪斜斜的。

……馬上得弄到錢不可，不然的話，你……會怎麼樣。我警告你。

白羅皺起眉頭，把它看了一遍又一遍。

「很有意思，」他說，「可以放在我這裡嗎？」

「當然可以。那上頭沒有指紋，如果你能從中發現什麼線索的話，我會很高興。」

韋斯頓上校又站了起來。

「我真的該走了。明天就要舉辦驗屍審訊。對了，傳喚的證人中沒有你——但會請海斯汀上尉。我們不想讓新聞記者知道你也參與此案。」

「我明白。那位不幸的小姐有什麼家屬會來嗎？」

「她的父母親今天會從約克郡趕過來，大約五點半左右到達。真可憐哪，我實在很同情他們，他們打算第二天就把遺體運回去。」他搖搖頭。「很不幸的事。我不喜歡這個案子，白羅先生。」

「誰會喜歡呢，上校先生？正如你所說的，這是一件不幸的事。」

他走了以後，白羅把那便條又察看了一遍。

「那是很重要的線索嗎？」我問。

他聳聳肩。

「誰知道呢？這裡頭有勒索的暗示。昨晚我們的宴會上某人被迫交錢。當然，可能是我們不認識的人。」

他用放大鏡看了看那些字跡。

「海斯汀，這上面的字跡你覺得眼熟嗎？」

「它讓我想起——啊！有了，萊斯太太的那張字條！」

「沒錯，」白羅慢吞吞地說，「是很像，確實很像。這就怪了。不過我想這不是萊斯太太的字跡。」

這時有人在敲門，白羅說：「進來。」

來者是查林傑中校。

「沒什麼事，只不過順道來看看，」他解釋說，「我想知道你們有沒有什麼進展。」

「啊，」白羅說，「進展是沒有，反而後退了。」

「真是糟糕。不過我才不信呢，白羅先生。我聽過你的一切事蹟，而且知道你是個十分了不起的人物。他們說你從來沒失敗過。」

「那不是真的，」白羅說，「一八九三年在比利時我曾失手過一次。記得吧，海斯汀——那個巧克力盒的案子[7]，我跟你說過。」

「我記得。」

我說著微笑起來，因為當時白羅對我講了那個故事之後，他要我在他開始得意忘形的時候對他說「巧克力盒子」，而就在他說完過後一分鐘十五秒，我對他喊出這個咒語時，他竟一股腦推翻了。

「哦，」查林傑說，「那是老早以前的事了，不算數。你會把這個案子查個水落石出，是吧？」

「這我可以發誓，赫丘勒．白羅說話算數。我是一條嗅出味道就窮追不捨的狗。」

「好，有什麼想法嗎？」

「我懷疑兩個人。」

「我想我不應該打聽那兩個人是誰吧？」

「我不會告訴你。你知道，我可能會猜錯。」

「我想，我的不在場證明應該沒問題吧？」查林傑眨眨眼說。

7 參克莉絲蒂推理全集《白羅的初期探案》中的〈巧克力盒謎案〉。

白羅對面前這張古銅色的臉縱聲大笑起來。

「你八點三十幾分離開德文波特，到達這裡十點零五分，也就是案發後二十分鐘。然而從這兒到德文波特只有三十英里，由於路況良好，這段路程你通常只需要一個小時就夠了。因此，你看，你的不在場證明其實是有漏洞的。」

「這——我——」

「你知道，我什麼都查。如我剛才說的，你的不在場證明不夠好。但還有一些不在場證明之外的東西。我想，你一定很想跟妮可小姐結婚吧？」

查林傑臉紅了。

「我一直都想跟她結婚。」他聲音嘶啞地說。

「正是。然而，妮可小姐其實已跟另一個人訂婚——這可能成為殺掉另一個男人的理由。但其實沒這個必要，他已經英雄式地遇難了。」

「這麼說來，這是真的了——妮可和邁克．塞頓訂過婚？這個消息今天早晨已經傳遍了全城。」

「是的，消息會傳得這麼快，可真是有意思。以前你從未懷疑過？」

「我知道妮可跟別人訂了婚，她兩天前告訴我的，但她沒有透露那個人是誰。」

「是邁克．塞頓。而且我想，他留下一大筆財產給她。啊！當然了，從你的立場來看，現在殺掉妮可完全不是時候，目前她在為愛人痛哭流涕，不過，她的心終究會平靜下來的。

她畢竟年輕，而且我想，先生，她對你一向青睞有加……」

查林傑沉默了一兩分鐘。

「如果是……」他喃喃地說。

這時有人敲門。進來的是弗雷蒂·萊斯。

「我一直在找你，」她對查林傑說，「他們告訴我你在這兒，我想知道你有沒有把我的腕錶拿回來。」

「哦，拿回來了，我今天上午去拿的。」

他從口袋裡拿出錶交給她。這是一只樣式有點不尋常的錶，圓圓的像個球，配上一條黑色波紋狀的錶帶。我記得在妮可·巴克利的手腕上也見過類似的錶。

「希望它現在能走得準一點。」

「真是討厭，老是出毛病。」

「這東西只是中看，太太，卻不中用。」白羅說。

「難道不能兩全其美？」她一一打量我們。「我是不是打斷你們的談話？」

「沒有，太太，真的。我們只不過隨便聊聊罷了——不是在談凶殺案。我們正說到消息傳得多快，現在每個人都知道妮可小姐跟死去的飛行勇士訂過婚。」

「原來妮可跟邁克·塞頓訂過婚！」弗雷蒂叫道。

「你感到驚訝嗎，太太？」

「有一點。我不知道為什麼。我知道去年秋天他很著迷妮可，他們老是在一起。後來，聖誕節之後，他們的關係好像冷淡下來。就我所知，他們往後幾乎不見面了。」

「這是個祕密，他們一直守口如瓶。」

「那是因為馬修爵士的緣故。我覺得他有點老糊塗了。」

「你一直沒懷疑過嗎，太太？你跟小姐是推心置腹的朋友呀。」

「要是高興的話，妮可可以是個守口如瓶的小魔鬼，」弗雷蒂喃喃地說，「但現在我明白近來她為什麼老是那麼神經質。啊，從她前幾天說的話，我應當可以猜出個端倪。」

「你那位年輕朋友非常有魅力，太太。」

「吉姆．賴哲勒有段時間也這麼認為，」查林傑有點不圓滑地笑道。

「哦！吉姆——」

她聳聳肩，但我想她心中可能老大不高興。

她轉向白羅說道：「告訴我，白羅先生，你有沒有——」

她停頓下來，修長的身子搖晃著，臉色變得更加蒼白，像要昏過去似的。她的雙眼緊盯在桌上。

「你不大舒服，太太。」

我把一張椅子推過去，扶她坐下。她搖搖頭喃喃說道「我沒事」，接著傾身向前，把臉埋在手掌心裡。我們不知所措地看著她。

一會兒後她坐了起來。

「多麼荒謬！親愛的喬治，別那麼擔心，我們來談談那件謀殺案吧。談些刺激的話題，我想知道白羅先生是否已找到破案關鍵。」

「現在看來還為時過早，太太，」白羅迴避道。

「但你總有些想法，對吧？」

「或許，但我需要更多證據。」

「啊，」她的聲音聽起來不大對勁。

突然她站起來。

「我頭疼，得去躺一躺。也許明天他們會讓我見見妮可。」

她突兀地離去。查林傑皺起眉頭。

「你永遠猜不透女人的心思。妮可可能很喜歡她，但我不相信她喜歡妮可。不過，女人的事情說不準的，一天到晚都是『親愛的』、『心肝』、『寶貝』，但心裡頭的稱呼可能是『該死的』、『爛東西』、『狐狸精』。你要出去嗎，白羅先生？」

這時白羅已經站了起來，正小心翼翼地撢去帽子上的一點灰塵。

「是的，我要進城去。」

「我沒事做，可以和你一道去嗎？」

「當然可以。這是我的榮幸。」

我們離開房間。白羅說了聲抱歉，又折回去。

「我的手杖。」回來後他解釋道。

查林傑有點畏縮。那根手杖鑲著金色浮雕條紋，的確相當浮華貴。

白羅首先到花店去。

「我得送些花給妮可小姐。」他解釋說。

他挑東挑西，最後選中一個華麗的金色花籃，要店員幫他裝一籃橘黃色的康乃馨，然後用一條藍色的大蝴蝶結綁起來。

女店員給了他一張卡片，他在上面用華麗的字體寫道：「赫丘勒・白羅敬贈。」

「今天早上我送了一些花給她，」查林傑說，「我想再送一點水果給她。」

「不用了！」白羅說。

「什麼？」

「我說這是白送的。可以吃的東西都不准送進去。」

「誰說的？」

「我說的。我訂下了這條規矩，並且要妮可小姐切實遵守，她理解我的用意。」

「老天！」查林傑說。

他顯得非常吃驚，並且用怪異的眼神看著白羅。

「原來是這樣，是嗎？」他說，「你還在──擔心。」

16 訪惠特菲爾先生

驗屍審訊非常枯燥乏味，只是個形式。在確認身分後，我作證發現屍體。接著則是醫學上的證據。

然後宣布一星期後再度開庭。

聖盧謀殺案成了報紙上的重大新聞。事實上，這則新聞已經取代了「塞頓仍無下落，失蹤飛行員生死未卜」的新聞。

現在人們業已證實了這位飛行員之死，各種應有的悼念活動也都舉行過，該是換上另一條大新聞的時候。編輯和記者開始憂心忡忡，對擔心八月新聞蕭條的報界來說，聖盧市之謎無疑是天賜大禮。

在審訊結束之後，我巧妙地躲開了記者，和白羅一起去看望賈爾斯·巴克利牧師和他的夫人。

瑪姬的雙親是對可愛的夫婦，一點也沒有塵世的俗氣，性情單純。

巴克利太太是個有個性的女人，從她高高的身材和白皙的膚色，一眼就能看出她的祖先是北方人。她丈夫個子矮小，頭髮花白，具有羞怯、討人喜歡的態度。

兩位可憐的老人對降臨在他們身上的不幸，感到不知所措，這次不幸奪走了他們摯愛的女兒。「我們的瑪姬」，他們這麼叫她。

「我真的不懂，」巴克利先生說，「她是多好的一個孩子，白羅先生。這麼文靜，又不自私，老是為別人著想。誰會想傷害她呢？」

「那個電報我怎麼也看不懂，」巴克利太太說，「我們前一天上午才送她走的。」

「我們才中年就遭遇喪事。」她丈夫喃喃地說。

「韋斯頓上校對我們很好，」巴克利太太說，「他向我們保證盡一切力量查出凶手。一定是個瘋子幹的，不可能有其他解釋。」

「太太，我說不出我有多同情你的喪女之痛，我更是欽佩你的勇氣。」

「痛哭流涕並不能讓瑪姬復活。」巴克利太太慘然地說。

「我的妻子很了不起，」牧師說，「她的信心和勇氣都比我強。這一切是如此——如此令人困惑，白羅先生。」

「我知道，我知道，先生。」

「你是個偉大的偵探嗎，白羅先生？」巴克利太大問。

「人們是這麼說的，太太。」

「噢！我知道。即使在我們那種窮鄉僻壤，你的大名也是家喻戶曉。你會查出真相吧，白羅先生？」

「不查出真相我絕不會罷休，太太。」

「你一定會查出真相的，白羅先生，」牧師顫聲說道，「善惡到頭終有報。」

「天網恢恢，疏而不漏，先生。不過有時報應是無形的。」

「你這是什麼意思呢，白羅先生？」

白羅只是搖搖頭。

「可憐的小妮可，」巴克利太太說，「我真的替她感到很難過。我收到她一封非常傷感的信，說她覺得是她害瑪姬來送死的。」

「這是不健康的想法。」巴克利先生說。

「是啊，但可以想像她心中的滋味。我希望他們會讓我去看看她。連親人都不讓進去探望，是不合情理的。」

「醫生和護士都很嚴格。」白羅推諉說，「他們訂下了規矩，就是這樣，什麼都改變不了他們。無疑地，他們擔心她情緒激動，見到你們，她的情緒自然就會受到影響。」

「或許吧，」巴克利太太疑惑地說，「但我覺得讓她住在療養院也不是辦法。要是他們讓妮可跟我們一起回家；馬上就離開這個地方，對妮可幫助更大。」

「可能是的，但我怕他們不會同意。你們有很長時間沒見過巴克利小姐了吧？」

「從去年秋天之後就沒見過。那時她在斯卡伯勒，瑪姬到她那兒待了一天，然後她就來和我們住了一夜。她是個漂亮女孩，雖然我不能說我喜歡她那些朋友，還有她的生活方式。不過這不是她的錯，可憐的孩子。她從來就沒有好好受過教育。」

「那是一幢古怪的房子，懸崖山莊。」白羅好像在想什麼。

「我不喜歡那棟房子，」巴克利太太說，「從來就沒有喜歡過。總有什麼地方不對勁。我也很不喜歡老妮可，想起他就要發抖。」

「他不是個好人，」她丈夫說，「但他有種古怪的魅力。」

「我倒不覺得他有什麼魅力，」巴克利太太說，「那幢房子鬼氣森森，我真希望我們從沒讓我們的瑪姬到那兒去。」

「啊！真希望如此。」巴克利先生搖搖頭說。

「好吧，」白羅說，「我不打擾你們了。我只想向你們表達我深切的同情。」

「你對我們真好，白羅先生。對於你在進行的一切，我們將永遠感謝。」

「你們要回約克郡去——什麼時候？」

「明天。多傷心的旅程。再見了，白羅先生。再一次謝謝你。」

離開他們之後，我說：「真是善良的人。」

白羅點點頭。

「真叫人心痛，不是嗎，我的朋友？這樣一個糊里糊塗的悲劇，實在沒道理。這位年輕的小姐——啊！我深感自責。我，赫丘勒．白羅當時明明在場，卻沒能阻止這次凶殺！」

「誰也沒辦法阻止。」

「別亂說了，海斯汀。一般人當然阻止不了，但如果赫丘勒．白羅無法辦到一般人辦不到的事，那麼我空有比人家優秀的灰色腦細胞又有什麼意義呢？」

「啊，當然，」我說，「如果你硬要這麼說的話——」

「當然要這麼說，我深感羞辱，而且心情低落——真是屈辱呀。」

我覺得白羅的屈辱，很奇怪地竟和別人的自責很相像，不過，我謹慎地緘口不言。

「現在，」他說，「動身到倫敦去。」

「倫敦？」

「對。我們可以愜意地搭上兩點那趟火車。這裡平安無事，小姐在療養院裡不會有任何意外，誰也碰不了她。因此我們這兩條看門狗可以暫時離開。我還需要一兩項小小資料。」

到了倫敦之後，第一步，我們先去拜訪已故塞頓上尉的律師，「帕吉特和惠特菲爾律師事務所」的惠特菲爾先生。

白羅和他有約在先，因此雖然六點已過，我們還是很快便見到事務所的負責人惠特菲爾先生。

他是個溫文儒雅的人，讓人印象十分深刻。他面前放著兩封信，一封來自警察局，另一封來自蘇格蘭警場某高級長官。

「這一切都十分不尋常，呃，白羅先生？」他邊說邊擦拭他的眼鏡。

「是啊，惠特菲爾先生。不過凶殺案也同樣不尋常——我很高興能這樣說，真是不尋常之至。」

「對，對，但有點牽強附會。把這件謀殺案跟我已故客戶的遺產連結在一起，是吧？」

「我不這麼認為。」

「啊，你不認為？呃，在這種情況下，我得承認，亨利爵士在他的信裡表示他對此案十分重視。我將，呃，十分樂意在我的能力範圍之內為您效勞。」

「你是已故的塞頓上尉的法律顧問？」

「是整個塞頓家族的法律顧問，親愛的先生。我們身為塞頓家的法律顧問——我指的是敝事務所——已有近百年之久了。」

「了不起。已故的馬修．塞頓爵士立過遺囑吧？」

「是我們替他立的。」

「他怎樣分配他的財產呢？」

「分成幾項遺贈：一份贈給了自然歷史博物館，不過大部分，可以說，非常大的一份財產，完全留給了邁克．塞頓上尉。老塞頓沒有其他近親了。」

「你剛才說非常大的一份財產？」

「已故的馬修爵士是英國第二大財主。」惠特菲爾先生泰然自若地說。

「他有些奇怪的觀念，不是嗎？」

惠特菲爾先生嚴厲地看著他。

「白羅先生，一個百萬富翁是可以與眾不同的，這幾乎可以說是預料中的事。」

白羅毫無慍色地接受他的指正，接著又提出另外一個問題。

「我想他的死很出人意料？」

「十分意外，誰也沒料到。馬修爵士身體一向健康，不料卻得了癌症，這是沒人想得到的。等到發現的時候，已經擴展到有生命危險的地步了，必須立即動手術。就像一般常有的情況，手術完全成功，可是馬修爵士還是死了。」

「因此，財產就傳給了塞頓上尉。」

「正是如此。」

「我想，塞頓上尉起飛離開英格蘭之前，也曾立過遺囑？」

「是啊，如果你把它稱為遺囑的話。」惠特菲爾先生極其不以為然地說。

「合法嗎？」

「完全合法。立遺囑人的意圖簡單明瞭，而且有無可挑剔的見證人。啊，是的，完全合法。」

「可是你不贊同他的遺囑？」

「親愛的先生，我們哪有什麼贊成不贊成！」

對於遺囑的格式，我時常感到很納悶。我曾經趁某次機會立過一份簡單的遺囑。可是在看到我的律師事務所按照我的意願所寫成的遺囑正文時，我著實被那份文件的冗長累贅嚇了一跳。

「事實是，」惠特菲爾先生說，「塞頓上尉在當時並沒有什麼財產可以遺留，他的生活都依靠叔叔供給的津貼。所以我想他當時根本就沒把立遺囑當回事。」

我覺得這個想法很有道理。

白羅問：「遺囑的內容呢？」

「他把他死後所擁有的一切，統統留給了他的未婚妻瑪格黛勒·巴克利小姐，還指定我做遺囑執行人。」

「這麼說來，巴克利小姐是他的繼承人？」

「當然是由巴克利小姐繼承。」

「如果巴克利小姐星期一也死了呢？」

「只要她是在塞頓上尉之後死的，這筆財產就由她遺囑中指定的剩餘財產繼承人繼承。要是她未立遺囑，就歸她最近的親屬所有。」

「不過，」惠特菲爾先生有點自得其樂地加上一句說，「遺產稅會大得驚人，大得驚人！要知道，死亡接踵而來，財產三易其主，」他搖搖頭。「大得驚人喔。」

「總還會剩下一些吧？」白羅囁嚅著說。

「親愛的先生，我已經告訴過你，馬修爵士是英國第二大財主。」

白羅站起身來。

「謝謝你，惠特菲爾先生，非常感謝你所提供的資料。」

「不客氣，不客氣，我會跟巴克利小姐聯繫。事實上，我想信已經寄出。我樂於盡力為她效勞。」

「她是個年輕的女孩，」白羅說，「正需要行家給予法律上的指點。」

「恐怕會出現一些斂財的江湖騙子。」惠特菲爾搖搖頭說。

「是有這種跡象，」白羅同意說，「再見，先生。」

「再見，白羅先生。很高興能對你有所幫助。你的大名——啊！我熟悉。」

他說話的語氣親切，就像一經他認可，白羅便將名留青史，永垂不朽。

出了事務所，我說：「跟你的設想完全相符，白羅。」

「我的朋友，不可能再有別的解釋了。現在我們到切西爾餐館去，傑派就在那裡等我們吃飯。」

蘇格蘭警場的傑派探長果真在約定的地方等著我們。他非常熱情地和白羅打招呼。

「多少年沒見面啦，老白羅？我還當你退隱在鄉下種櫛瓜呢。」

「我試過，傑派，我試過。但即使是種櫛瓜，也擺脫不了謀殺案。」

他嘆了一口氣。我知道他想起了弗恩利莊那件奇案[8]。但遺憾的是那時我正遠在他鄉，未悉其詳。

「還有，海斯汀上尉，」傑派說，「你好嗎？」

「很好，謝謝。」我說。

「這麼說來，現在又有謀殺案了？」傑派打趣道。

「正如你所說，又有謀殺案了。」

「你可不能洩氣呀，老兄，」傑派說，「即使你看不清前方的道路——不過話說回來，在你這個年紀，可不能期望還能獲得過去那樣的成功。你我都老了，不中用啦，該讓年輕人來試試，你知道的。」

「老馬識途啊，」白羅喃喃地說，「牠熟悉道路，不會迷路的。」

「唉，我們是在說人，不是說馬。」

「怎麼，區別很大嗎？」

「那要看你是怎麼看待這個問題了。不過他向來小心謹慎，不是嗎，海斯汀？他不會改變的。看起來也還是老樣子——頂上頭髮稀疏了點，臉上的老年斑也添了不少。」

「呃？」白羅說，「你說什麼？」

「他在讚美你的鬍鬚呢。」我連忙安慰他。

「哦，沒錯。我的鬍鬚的確漂亮。」說著，他滿意地撚起自己的鬍子。

傑派忍不住放聲大笑。

「呃，」過了一兩分鐘後，他說，「你託我辦的事，我已經給你辦好了。你寄來的那些指紋——」

「怎麼樣？」白羅迫不及待了。

「什麼也沒發現。不管這位紳士是誰，這裡沒有他過去的做案指紋存檔。另一方面，我們打電報到墨爾本去查詢，那裡說，根本不知道有這個姓名和相貌的人。」

「啊！」

「總之一定有可疑處，只不過他不是經常做案的慣犯。至於你問的另外那件事……」

「怎麼樣？」

「『賴哲勒父子公司』信譽良好，做生意誠實可靠。當然也很精明，不過這是另一回事了，生意人不精怎麼行！他們沒有什麼問題，雖然現在處境很窘迫，我指的是資金方面。」

「哦，是嗎？」

「是的。繪畫市場不景氣對他們打擊很大，還有那些古董家具也滯銷。歐洲大陸上的摩登玩意正在走紅。他們去年又開了新的店鋪，離奎爾街不遠。」

8 參克莉絲蒂的《羅傑艾克洛命案》。

「你幫了我很大的忙。」

「沒什麼。這種事雖然不是我的正職，但既然你要了解這些情況，我總得盡力而為。我們總是能找到資料。」

「我的好傑派，要是沒有你，可叫我怎麼辦？」

「哦，別這麼說吧。我永遠樂於助老朋友一臂之力。在過去那些日子裡，我還讓你參與一些漂亮的案子，你可還記得？」

我想，傑派是用這種說法承認他欠白羅一大筆人情債。白羅曾經幫他偵破過許多令人一籌莫展的案子。

「是的，那真是一段美好的日子。」

「我現在還是很願意不時同你聊上幾句。你辦案的方法可能有點老派，但你的思路始終是對的，白羅先生。」

「我的另外一個問題呢？關於麥卡利斯特醫生？」

「噢，他！他是婦女們的醫生，我指的不是婦科醫生。他是專搞精神科的——要你睡在紫色牆壁、橙色天花板的房間，還跟你談什麼性衝動，要你順其自然什麼的。他有點密醫的味道，但他迷住了婦女。她們對他趨之若鶩。他常出國，我想是去巴黎做某種醫學研究。」

「怎麼冒出個麥卡利斯特醫生來了？」我困惑地問，這名字我從未聽說過。「他跟這個案子有什麼關係？」

「麥卡利斯特醫生是查林傑中校的舅舅。」白羅說，「記得嗎？他說起過他有個當醫生的舅舅。」

「你什麼都沒放過，」我說，「你認為是他給馬修爵士動的手術？」

「他不是外科醫生。」傑派說。

「我的朋友，」白羅說，「我喜歡調查每一件事。赫丘勒．白羅是條好狗。一條好狗會循著氣味追查。要是沒有什麼氣味可跟，牠就四處嗅尋，總是能嗅出些不太好的味道。赫丘勒．白羅就是這樣一條好狗，而且常常——嘿，十拿九穩——能找出他想找的東西！」

「我們幹的可不是什麼值得羨慕的工作，」傑派說，「老是到處尋找氣味，然後跟著氣味跑，還得提心吊膽生怕氣味斷了線。啊，不是什麼好職業。但你比我更糟糕。你不是官方偵探，很多時候你只能私下進行。」

「我從來不改名換姓，傑派，也不喬裝打扮。」

「你不需要，」傑派說，「你太與眾不同了，只要看上一眼就會叫人終生難忘。」

白羅有點疑心地看著他。

「我只是開開玩笑而已，」傑派說，「別當真。葡萄酒？好吧，如果你要的話。」

整個晚上我們相處得很和諧。我們都沉浸在往事的回憶之中，這個案子那個案子談個沒完。我必須說，我也很愛回憶往事。那是段美好的日子。現在我覺得自己是多麼的老練！可憐的老白羅，我看得出他被這個案子難倒了。他的能力今不如昔，歲月不饒人哪。我有種預感，覺得這回他要失敗了。「瑪格黛勒．巴克利謀殺案」不會載入他的光榮史冊。

「振作起來，我的朋友，」白羅拍拍我的肩膀，「勝負還沒見分曉呢，我求求你，別把臉拉得那麼長。」

「沒有，我很好。」

「我也是，傑派也是。」

「我們三個都很好。」傑派非常高興地說。

我們就這樣愉快地分了手。

第三天早上，我們動身回到聖盧，一到旅館，白羅就打電話到療養院，要求跟妮可通話。

突然，我見他臉色大變，話筒差點掉到地下。

「怎麼？什麼？你再說一遍，我求你。」

他聽了一兩分鐘，然後說：「好，好，我馬上就來。」

他一張蒼白的臉轉向我。

「我為什麼要離開這裡去倫敦，海斯汀？天啊，我為什麼要離開？」

「發生了什麼事？」

「妮可小姐病危，古柯鹼中毒！他們終究還是對她下手了，天啊，天啊，我為什麼要離開這裡？」

17 一盒巧克力

在前往療養院的路上，白羅一直自言自語地責備自己。

「我應當想到的。」他悶吼地說，「我應當想到的！可是，我還能做什麼呢？我採取了一切預防措施，這不可能，不可能。誰也接觸不了她！是誰違反我的命令呢？」

到了療養院，我們被帶進樓下一間小房間。幾分鐘後，格雷翰醫生進來了。他看上去精疲力竭，憔悴蒼白。

「她不會死的，」他說，「會沒事的。當時最大的困難是，弄不清楚她究竟吃了多少那種要命的東西。」

「什麼東西？」

「古柯鹼。」

「她會活下去吧？」

「會的，沒問題。」

「這件事是怎麼發生的？他們是怎麼跟她接觸的？你們讓誰進來見她了？」白羅既無力又氣咻咻地問。

「我們沒讓任何人進來。」

「不可能。」

「是真的。」

「那怎麼會——」

「是一盒巧克力。」

「啊，該死！我交代過她不許吃任何從外邊送進來的東西。」

「這我不知道。叫一個女孩子不去碰巧克力不太可能。她只吃了一塊，謝天謝地。」

「所有的巧克力都含有古柯鹼嗎？」

「不，她吃的那塊有，上層裡還有兩塊也有古柯鹼，其他沒有。」

「古柯鹼是怎樣放進去的？」

「方法很笨。巧克力切成兩半，把毒藥同夾心層混合起來，再把兩半巧克力黏在一起。非常業餘，你們通常會說那是手工製品。」

白羅呻吟了一聲。

「啊！要是我知道，要是我知道……我可以去看看妮可小姐嗎？」

「如果你一個小時後再來，我想你就可以去看她了。」醫生說，「振作起來，先生，她不要緊的。」

我們在聖盧街上逛了一個鐘頭。我想盡辦法讓白羅分心，我對他說一切正常，並沒有發生什麼無法挽回的壞事。

他只是搖搖頭，老是說：「我擔心，海斯汀，恐怕……」

他說話的奇怪聲調令我也跟著害怕起來。

他一度拉住我的手臂說：「聽我說，朋友，我全都弄錯了，從一開頭就錯了。」

「你是說，問題不是出在那筆遺產上——」

「不，不，關於遺產我並沒弄錯。噢，是的，但是那兩個我懷疑的人——他們的可疑之處太明顯了，其中必然還有奧妙。是的，一定還有什麼。」接著他憤然叫道：「啊，那個丫頭！我不是禁止過她？我難道不是叫她不許吃外面送來的東西？她不聽話，不聽我赫丘勒．白羅的話。四次差點送命還嫌不夠，非得再冒第五次險嗎？噢，真是無知！」

我們又回到了療養院。稍等片刻之後，就被領下樓。

妮可坐在床上，瞳孔擴散，看上去好像還在發燒，雙手微微顫抖。

「又一次。」她咕嚕著說。

見到她，白羅真動了感情。他清清喉嚨，握住她的手。

「噢，小姐呀，小姐。」

「如果他們這次成功了，」她怨恨地哭了。「我也不會在意。我已經厭倦了，是的——我厭倦了！」

「可憐的孩子！」

「可是我又不想讓他們得逞！」

「這種精神就對了，這是運動家精神，你一定是個好運動員，小姐。」

「你這家老療養院並不安全。」妮可說。

「要是你聽話，小姐——」

她顯得有些驚訝。

「我是聽你的話呀。」

「我不是再三叮囑，你不能吃外面送進來的東西嗎？」

「我沒有吃呀。」

「但那些巧克力——」

「哦，它們沒問題，是你送來的。」

「你說什麼，小姐？」

「巧克力是你送的！」

「我？沒有！從來沒有送過！」

「真的是你送的！你的卡片就在盒子裡。」

「什麼？」

妮可起身靠近床邊的桌子時，痙攣了一下。護士走了過來。

「你要盒子裡的那張卡片嗎？」

「對，勞駕你拿一下。」

隔了一陣子，護士拿著那張卡片回到房裡來。

「喏，這就是。」

我和白羅同時低呼了一聲，因為卡片上用花體字寫著：「赫丘勒．白羅敬贈。」這正是這是白羅在送花籃時，在卡片上所留下的字句。

「見鬼！」

「你看吧。」妮可語氣中帶著責備的意味。

「我沒寫這個！」白羅說。

「什麼？」

「不過，」白羅喃喃地說，「不過是我的筆跡沒錯。」

「我知道。這筆跡跟橘黃色康乃馨上面的卡片一模一樣。我根本就沒疑心這巧克力不是你送的。」

白羅搖搖頭。

「你怎麼會疑心呢？哦，這魔鬼！聰明殘酷的魔鬼！想想看！他確實有天分，這個人，真是天才！『赫丘勒．白羅敬贈』多簡單，是啊，我應該想得到。但我——我卻沒想到，我沒能預見到這一著棋。」

妮可不安地扭動了一下。

「無需自覺不安，小姐。你沒錯，沒錯。錯的是我，都該怪我，我這可悲的白癡！我早該料到這一步，是的，我早該料到。」

他的下巴垂到胸口，露出一副悲慘相。

「我真的認為——」護士說。

她一直在附近徘徊，臉上帶著不以為然的神情。

「呃？對，對，我該走了。勇敢些，小姐，這將是我犯的最後一個錯誤了。真難為情——我上了當、中了計，彷彿是個小學生似的。但這種事絕不會再發生了。不會的，我向你保證。走吧，海斯汀。」

白羅接下來第一步先去找護士長。她當然是為這整件事感到不安。

「我真是難以置信，白羅先生，完全不敢相信。這種事怎麼會發生在我的療養院裡。」

白羅對她表示同情，並很老練地使她鎮靜下來，然後就開始詢問那個致命的包裹是怎麼送進來的。護士長說，她最好還是去問包裹到達時正在當班的看護。

那人名叫古德，是個二十二歲的年輕人，看上去雖然不聰明，但相當老實。白羅設法使他從緊張慌亂中安靜下來。

「這件事跟你沒關係，不能怪你，」他溫和地說，「不過我要請你精確地告訴我，這個包裹是在什麼時間、怎麼送到這兒來的。」

看護顯得相當為難。

「很難說，先生，」他慢吞吞地說，「有很多人來探病，把帶給病人的東西交給我們。」

「護士說這包裹是昨晚送來的，」我說，「大約六點。」

那年輕人臉色一亮。

「我現在想起來了，先生，是一位紳士送來的。」

「瘦瘦的臉，金頭髮？」

「他是金頭髮，但我不記得他臉是不是瘦瘦長長的。」

「是查爾斯．維士親自送來的？」我低聲問白羅，忘了面前這個年輕人對這一帶人的名字可能都熟悉。

「不是維士先生，」他說，「我認識維士先生。這個人還要高大些，長得帥帥的，開著一輛大轎車。」

「賴哲勒。」我驚呼了一聲。

白羅警告地盯了我一眼，我為自己的輕率感到後悔。

「那位先生駕駛一輛大轎車到這兒來，留下了這個包裹，指名給巴克利小姐？」

「是的，先生。」

「那你是怎麼處理這個包裹？」

「我沒碰它，先生。是護士把它拿到樓上的。」

「好。但當你從那位先生手中接過包裹時，不是碰了它嗎？」

「哦，那當然，先生。我從他手中接過之後，就放在桌子上。」

「哪張桌子？請帶我去看看。」

看護把我們領到大廳裡。前門開著。在大廳靠近前門的地方，有一張大理石面的長桌，上面擺著許多信和包裹。

「送來的東西都放在這裡，先生。然後由護士拿上樓去分送給病人。」

「你還記得我們說的那個包裹是什麼時候送來的嗎？」

「想必是五點半或稍遲一些，我知道那時候郵差剛到，他總是五點半左右來的。那天傍晚相當忙，探望病人和送花的人特別多。」

「謝謝。現在，我想見見那位把包裹送上樓去的護士。」

那是一位實習護士，生著一頭濃密的軟髮，對什麼都大驚小怪。她記得是在六點鐘上班時把包裹拿到樓上去的。

「六點鐘，」白羅低聲說，「那麼包裹在樓下桌子上擱了有二十分鐘左右。」

「什麼？」

「沒什麼，小姐，說下去吧。你把包裹帶給了巴克利小姐？」

「是的。有好幾樣東西都是給她的，有這盒巧克力，還有一些花，我想是克夫特夫婦送的，我把它們一起送上去。另外還有一個郵差送來的包裹——你看怪不怪，那也是一盒福勒牌巧克力。」

「什麼？第二盒？」

「是的，真巧啊。巴克利小姐把它們一起拆開了。她說：『噢，多可惜，我不能吃！』接著她掀開蓋子看看第二盒巧克力是不是一樣。其中一盒有你的卡片。她看了就說：『把另外那盒不乾淨的巧克力拿走，護士，別讓我弄混了。』噢，天哪，誰知道後來會出這種事，簡直像艾德格·華萊士[9]的小說一樣，你說是不是？」

白羅截住了她的話。

「你說兩盒？另外那盒是誰送的？」

「那盒沒有署名。」

「那麼哪一盒是——看上去像是——我送的呢？從郵局來的還是直接送來的？」

「我記不清了，要不要我到上面去問巴克利小姐？」

「那就麻煩你了。」

9 艾德格·華萊士（Edgar Wallace, 1875-1932），英籍推理作家，有「驚悚小說之王」的稱號。

她跑上樓去了。

「兩盒，」白羅喃喃地說，「這倒真叫我糊塗了。」

那護士上氣不接下氣地跑了回來，說：「巴克利小姐也不確定。她把兩盒的包裝紙都拆開了，不過她想不會是寄來的那盒。」

「哦？」白羅有點疑惑地說。

「你送的那盒不是郵局寄來的——至少她覺得是這樣，但她也不十分肯定。」

「見鬼！」我們離開療養院時，白羅說道，「就沒有人能十分肯定嗎？偵探小說裡都有這樣的人，但現實生活中沒有。現實生活總是雜亂無章。我自己對一切都有把握嗎？都能肯定嗎？不，不，這只是神話。」

「賴哲勒。」我說。

「是啊，真想不到，對不對？」

「你要去找他談談嗎？」

「當然，我很想看看他聽了這件事之後會有什麼反應。對了，我們可以誇大妮可小姐的病情，宣稱她已經徘徊在鬼門關外了，這不會有什麼壞處，你明白嗎？瞧你那張臉多嚴肅——啊，可欽可佩，活像個殯儀館老闆，真是唯妙唯肖！」

我們運氣不錯，很快就找到了賴哲勒。他正彎著腰在旅館外頭修汽車。

白羅直直向他走去。

「昨天傍晚，賴哲勒先生，你送了一盒巧克力給巴克利小姐。」

賴哲勒顯得有點驚訝。

「怎麼了？」

「你可真夠朋友。」

「事實上那是弗雷蒂——我是說萊斯太太——送的，她要我買了送去。」

「哦，是這樣。」

「我開車子送去的。」

「我知道。」

白羅沉默了一兩分鐘後說：「萊斯太太，她在哪兒？」

「我想她是在會客室裡吧。」

我們找到她時，她正在喝茶。見我們進去，她滿是焦慮的神情。

「我聽說妮可病了，是怎麼回事？」

「是件十分神祕的事，太太。請你告訴我，昨天你送了她一盒巧克力？」

「是的，是她要我買給她的。」

「她要你買的？」

「對。」

「但她誰也不能見，你是怎麼見到她的呢？」

「我沒見到她。是她打電話給我的。」
「啊！她說什麼？」
「她問我是否可以幫她買一盒兩磅的福勒牌巧克力。」
「她的聲音聽起來怎麼樣？很虛弱嗎？」
「不，一點也不，那聲音很有力，只是有點不太一樣，一開始我聽不出是她。」
「直到她告訴你她是誰，你才認出聲音？」
「是的。」
「你能不能肯定，太太，那個打電話的人就是你的好朋友？」
弗雷蒂目瞪口呆。
「我，我……唔，當然是她。還會是誰呢？」
「這是個很有趣的問題，太太。」
「你不會是說——」
「你能不能發誓，太太，電話裡確實是妮可小姐的聲音——不要從她說的話來推測。」
「不，」弗雷蒂遲疑地說，「我不能發誓。她的聲音確實和往常不一樣。我當時以為是電話的問題，要不然就是她身體不好的關係……」
「如果她不告訴你她是誰，你就聽不出是誰在說話嗎？」
「是的，我想我聽不出來。不過那到底是誰呢？白羅先生，是誰？」

「這正是我想知道的，太太。」

白羅凝重的神色使她起了疑心。

「妮可——出了什麼事嗎？」她屏住氣問。

白羅點點頭。

「她病了，危在旦夕，太太，那些巧克力被下了毒。」

「我送的巧克力？這不可能，不可能！」

「並非不可能，太太。妮可已經奄奄一息了。」

「哦，我的天！」她雙手掩面，又放開了手，臉色白得像死人，嘴唇直打哆嗦。「我不明白，真不明白。上次那件事倒還可以理解，但這一回，我一點都不懂了。巧克力不可能被下毒。除了我和吉姆，沒人碰過它呀。你一定搞錯了，白羅先生。」

「我沒搞錯，即使盒子裡有我的名片。」

她不知所措地看著他。

「要是妮可小姐死了——」他用手做了一個威脅的手勢。

她低聲飲泣起來。

白羅轉身拉著我回到房間。他把帽子往桌上一丟。

「我什麼也不明白——完全不明白！我一片茫然。我簡直像個三歲小孩。妮可死了，誰會得到好處呢？萊斯太太。誰送了巧克力然後又編出一個接到電話的故事呢？萊斯太太。疑點太簡單太明顯了，而她是一個愚蠢的人嗎？不。」

「那麼——」

「可是她吸食古柯鹼，海斯汀，我可以肯定她吸食古柯鹼，這是毫無疑問。巧克力裡面的毒藥就是古柯鹼。她剛才說『上次那件事倒還可以理解，但這一回，我一點都不懂了。』是什麼意思呢？這個問題得搞清楚！至於那個圓滑精明的賴哲勒先生，他又扮演什麼角色呢？有些事情萊斯太太是知道的，但那是些什麼呢？我無法讓她說出來。她不是那種可以嚇唬的人，可是她的確知道些事情，海斯汀。電話的故事是真的嗎？還是她捏造出來的？如果是真的，打電話的人是誰？告訴你吧，海斯汀，這一切非常黑暗，非常黑暗。」

「黎明之前總是黑暗的。」我勸慰他說。

他搖搖頭。

「再說另外那盒巧克力，郵寄的那盒。我們能把它排除在外嗎？不，不能，因為妮可小姐不確定到底是哪盒有毒。這真叫人困擾！」

他悶吼了一聲。

我剛想開口卻被他擋住了。

「不，不，別說了，別再給我來上一句格言什麼的，我受不了。如果你夠朋友，肯幫忙的話——」

「怎麼樣呢？」我急忙問。

「出去，我求你，去給我買一副撲克牌來。」

我一怔，然後冷冷地說：「好吧。」

我不禁懷疑他是故意找個藉口擺脫我。

然而，我錯怪他了。那天晚上大約十點，我走進客廳時，發現他正小心翼翼地在那裡用撲克牌搭房子。我恍然大悟了。

這是他的老習慣。他用這種方法來鎮靜他的神經。他朝我笑笑。

「啊，你還記得。人的思維應當嚴謹精確，架設撲克牌也一樣。每一張都要放對位置，像這樣一張一張疊上去，才能撐得住重量。睡覺去吧，海斯汀，讓我一個人在這裡搭我的紙牌房子，清醒一下頭腦。」

大約早上五點左右，我被搖醒了。

白羅站在我身邊，精神煥發，興高采烈。

「你說得對極了，我的朋友，啊，對極了，你簡直是才氣縱橫！」

我對他眨眨眼睛，還沒完全醒過來。

「黎明前總是黑暗的，這就是你說的。先前一直都非常黑暗，現在黎明到了！」

我看看窗戶，發現他說得完全正確。

「不，不，海斯汀。黎明在我腦袋裡，我的大腦裡！那些小小的灰色腦細胞裡！」

他停了一停，很快又說下去。「你知道，海斯汀，妮可小姐死了。」

「什麼？」我叫了起來，頓時睡意全消。

「噓——噓！正如我所說的，只不過，當然，不是真的死了。不過這是可以安排的。是的，可以安排她去世二十四個小時。我和醫生護士們全說妥啦。你懂嗎，海斯汀？謀殺成功了。他試了四次，四次都失敗了，而第五次，他終於大功告成！現在，我們可以看下一步會發生什麼事……這會非常有意思。

18 窗上的怪臉

接下去那個白天發生的事，在我的記憶中是一片模糊。因為不幸得很，我醒來之後便開始發燒了。自從有一次得了瘧疾以後，我老是會在最不該生病的時候突然發高燒。

結果，那天發生的事對我來說，就像一場惡夢——白羅在我夢中來來去去，有如馬戲團中定時出現的怪異小丑。

我想，他對自己的錦囊妙計大為得意。那種慚愧和絕望的神情偽裝得叫人佩服。他是如何使他那個計畫——就是他一清早向我透露的那個主意——付諸實施的，我不得而知，不過，可以肯定的是，他已經緊鑼密鼓地展開行動了。

這不是件容易的事，因為這個騙局牽涉的層面相當廣。英國人通常不喜歡耍大規模的騙局，而白羅這次所設的這個圈套卻必須勞師動眾。首先，他得說服格雷翰醫生加入計畫。這真是困難重重，是成或敗都得看格雷翰醫生的影響力。

接著還有警察局長和他那些警察。在這方面，白羅的做為勢必會違反官場作風。然而，他終究還是說服了韋斯頓上校勉強同意他的方法。但上校把話說在前頭，這件事他概不負責。這個騙局的報導要是傳了出去，一切後果都要由白羅一個人承擔。白羅欣然同意了。只要允許他實行自己的計畫，他什麼都肯同意。

我一整天大部分時間都坐在一張大沙發裡，腿上蓋著毯子打瞌睡。每過兩三個小時，白羅就會突然跑來向我報告進度。

「好點了嗎，我的朋友？我真同情你。但這樣也好，省得你演戲時露出馬腳。我剛去訂做了一只花圈，一只大得驚人的花圈，上頭綴滿了百合花，我的朋友，一大堆百合花，『衷心痛惜。赫丘勒．白羅敬輓。』啊！真是一場精采的喜劇啊。」

說完他又匆匆離去了。

「我剛跟萊斯太太有一場令人痛心的談話。」這是他的下一次消息。「她穿了一身考究的黑禮服，她可憐的朋友——多叫人痛惜的悲劇！我同情地哀嘆。她說妮可是那麼活潑快樂、充滿生命力的女孩，怎能想像她已與世長辭了。我點點頭說：『這真是死亡的諷刺，死神帶走了她那樣一個好端端的人，卻把老而無用的人留在人間。』哎呀！我再度哀嘆。」

「你真是樂在其中啊，」我無力地輕聲說道。

「絕非如此。這只是我計策中的一部分。要裝得像，就得全心投入。呃，在訴說一番心中的傷感後，萊斯太太開始說到我關心的事情上來了。她說她整夜睡不著，一直在想那些巧克力，在想這件不可能發生的事。『太太，』我說，『這不是不可能。你可以看化驗報告。』然後，她就用顫抖的聲音說：『是古柯鹼，你說的？』我點點頭，她說：『啊，上帝，我不明白。』」

「或許她說的是實話。」

「她很清楚自己身在危險中，她是聰明的，這我早就對你說過了。是呀，她處於危險之中，而且她自己也明白這一點。」

「但我看得出你開始相信她無罪了。」

白羅皺起了眉頭，不像剛才那樣激動了。

「你的話說得很深奧啊，海斯汀。沒錯，在我看來，不知為什麼，有些事實湊不起來。這些案子到目前為止最重要的特徵，就是周密嚴謹不留痕跡。但巧克力這件事卻幹得一點也不周密，太過生硬，太簡單直接。不對，湊不起來。」

他在桌旁坐了下來。

「啊——讓我們來核對一下事實。有三種可能性。第一個可能：巧克力是萊斯太太買的，由賴哲勒先生送去。在這種情形下，犯罪的若不是他們其中之一，就是兩者皆是。而那通說是妮可打去的電話，則純粹是捏造出來的。這是最直接明顯的答案。

「第二個可能：下了毒的是另一盒巧克力——郵寄的那一盒。我們那張從A到J的名單上，任何一個人都可能寄去（你還記得那張名單嗎？範圍非常廣）。但如果郵寄的那一盒是有毒的，那麼何必還要打這樣一通電話呢？為什麼要用兩盒巧克力把事情搞複雜呢？」

我無力地搖搖頭，在體溫高達三十九度時，思考任何複雜的問題對我來說，都十分荒謬無聊。

「第三個可能：萊斯太太買的那盒無毒巧克力被掉包。在這種情況下，那通電話便是很巧妙的一招，而且可以理解。萊斯太太成了替罪羔羊，她無意間為真正的做案者背了黑鍋。這第三個答案是最合邏輯的。但是，嗯，這也是最難辦到的。該如何確定能在正確的時機掉包？而且要是看護直接把它送上樓，那就絕對不可能掉包成功。是啊，這似乎不合情理。」

「除非做案的是賴哲勒。」我說。

白羅看著我。

「你在發燒，我的朋友，而且體溫還在上升吧？」

我點點頭。

「真妙呀，體溫上升個幾度竟能激發智力！你剛才發表的觀點，它是如此簡單，以至於我連想都沒想到。不過這就帶出一個極為奇怪的問題：賴哲勒先生正盡力想把他親愛的人兒送上斷頭台。這種情形有各種可能性，但是非常古怪。哎，複雜啊，非常複雜。」

我閉上眼睛，為我的高見感到高興，但我不願去思考任何傷腦筋的事，一心只想睡覺。我覺得白羅還在侃侃而談，但我沒在聽。他的聲音隱約帶著撫慰的作用……

再一次見到他已是傍晚時分。

「我略施小計，讓花店發了財，」他聲稱道，「大家都去訂花圈。克夫特先生，維士先生，查林傑中校……」

最後那個名字喚起了我良心的不安。

「聽著，白羅，」我說，「你必須把真相告訴他，這可憐的傢伙，他會傷心死了。」

「你總是很體貼他，海斯汀。」

「我喜歡他，他是個十分高尚的人，你應當把祕密告訴他。」

白羅搖搖頭。

「不，我的朋友，我一視同仁。」

「但是你並未懷疑他有任何嫌疑吧？」

「我對誰都不例外。」

「想想他會多麼痛苦。」

「相反的，我情願想像我給他準備了一個多麼意外的驚喜。以為心愛的人死了——到頭來卻發現她還活著！想想看，領略過這種喜悅的人可不多，這真是特別啊。」

「你怎麼這樣不近人情！他會保守祕密的。」

「我不大相信。」

「他是個視榮譽為生命的人，我很確定。」

「這就使他更難保密了。保守祕密是一種藝術，要能說很多冠冕堂皇的假話，還得有演戲演得自得其樂的才能。他辦得到嗎，那位查林傑中校？如果他是你說的那種人，他必定辦不到。」

「那麼你不肯告訴他了？」

「我不能因為感情的因素，而讓我的計策冒風險，這個計策事關重大，我的朋友。不管怎麼說，痛苦對品格的修鍊有好處。你們有許多著名的牧師都是這麼說，甚至有個主教也這麼說過，如果我沒弄錯的話。」

我不再企圖動搖他的決定，我看得出他已經拿定了主意。

「我要穿得隨隨便便去吃晚飯，」白羅說，「我扮演的是個自尊心重創的老頭兒，你懂嗎？我的自信心完全崩潰，我傷心欲絕，什麼都吃不下，盤子上的東西動都不動。我想，這就是我要表現出的態度。不過等我回到自己房間後，我就要吃點奶油蛋糕和巧克力蛋捲。我真有先見之明，早就從糕餅店買了回來，你呢？」

「再吃些奎寧吧，我想。」我黯然地說。

「唉，我可憐的海斯汀。不過，你要拿出勇氣，明天一定萬事如意。」

「很可能。這種發燒狀況通常不會超過二十四小時。」

我沒有聽見他再回到房間裡來，想必我是睡著了。

我醒來時，看見白羅坐在桌子旁埋首疾書。在他面前平攤著一張曾被揉皺的紙，我認出那是他以前寫的名單——從A到J——他後來揉成一團扔掉了。

他對我點點頭。好像看出我在想什麼。

「是的，我的朋友，我又把它撿起來了。我正從一個完全不同的度角來研究它。我在列一張跟每個人有關的問題表。這些問題可能與犯罪無關，只是些我還不明白的事情，一些還未得到解釋的事情。現在我要用我的腦子尋求解答。」

「寫到哪兒了？」

「寫完了。想聽聽看嗎？你可有這個精神？」

「有，事實上，我現在覺得好多了。」

「真是太好了！我來唸給你聽。其中有些問題，你一定會覺得很無聊。」

他清了清嗓子。

「A，愛倫——她為什麼待在屋裡沒有出去看煙火？（妮可小姐的證詞以及她的驚訝，都說明這是反常的。）她認為或懷疑會發生什麼事？她有沒有讓什麼人（比方說J）走進那幢房子？關於那個壁龕，她說的是實話嗎？如果真有這種地方，為什麼她記不起它的位置？（妮可小姐好像非常確定沒有這種壁龕，而且如果有，她當然會知道。）如果是她捏造出來的，那又為了什麼？她有沒有看過邁克．塞頓的那些情書？她對妮可小姐的訂婚是否真的感到意外？

「B，她丈夫——他真的像外表看來那樣愚蠢嗎？愛倫知道的事，他是否也知道？他在某些方面會不會有精神病？

「C，她兒子——在他那個年齡和發育上，喜歡看屠殺是自然的天性嗎？還是一種病態的現象，遺傳自雙親之一？他有沒有玩過玩具手槍？

「D，克夫特先生是什麼人，他到底來自何方？他真的如他所發誓的那樣把遺囑寄出去了嗎？要是未寄，動機何在？

「E，克夫特太太。她是什麼人——這對夫婦是什麼人？他們是不是為了某種理由而躲藏在這裡？如果是的話，是為了什麼原因？他們與巴克利家族有沒有任何關聯？

「F，萊斯太太——她究竟知不知道邁克．塞頓和妮可訂過婚？她是猜的，還是實際看過他們之間的通信？（如果是這樣，她便會知道妮可是塞頓的繼承人。）她是否知道自己是妮可小姐的剩餘財產繼承人？（我想她很可能知道，妮可小姐可能告訴過她，且說所剩無幾。）查林傑中校暗示說賴哲勒曾被妮可小姐迷住，是真的嗎？（這能解釋萊斯太太和妮可小姐這兩個好朋友近幾個月來感情疏遠的原因。）她的字條中所提及，供應毒品的『男性朋友』是誰呢？會是J嗎？為什麼那天在這個房間裡她突然差點昏過去？是聽到了什麼還是看到了什麼？她說接到要她買巧克力的電話是事實，還是精心編造的謊言？她說『上次那件事倒還可以理解，但這一回，我一點都不懂了』是什麼意思？如果她不是凶手，那麼她究竟知道些什麼而又不肯講？

「你看，」白羅突然停下來說，「有關萊斯太太。她從頭到尾都是個謎。這就迫使我得出這樣一個結論：她要不是凶手，就是知道誰是凶手。或者我們姑且說，她認為她知道誰是凶手。但她真知道嗎？她是確實知道，還是僅僅疑心而已？有什麼法子能叫她說出來？」

他嘆了口氣。

「好吧，我再往下唸。

「G，賴哲勒——奇怪得很，關於他，我們幾乎提不出什麼問題。只有那個老問題：『他有沒有掉包，換上毒巧克力？』除此之外，我只找出一個完全不相關的問題，不過，我還是寫下來了：『為什麼賴哲勒肯出五十英鎊的價錢，買一幅只值二十英鎊的畫？』」

「他想對妮可做點好事。」我提出了我的看法。

「他不會用這種方法。他是個商人，不會做虧本生意。如果他想幫妮可做點好事，他會私下借錢給她。」

「反正這事跟本案無關。」

「是呀，這是事實，但是我什麼都想知道。我是研究心理學的，你知道。接下來我們談到H。」

「H，查林傑中校——為什麼妮可要告訴他，她跟別人訂了婚？是否有什麼必要？因為她並沒有告訴過別人。他向她求過婚嗎？他跟他舅舅有什麼關係？」

「他舅舅，白羅？」

「就是那個醫生，那個有點可疑的人。關於邁克．塞頓之死，在公開宣布以前，有沒有什麼消息私下先傳到海軍總部？」

「我不明白你在想些什麼，白羅。即使查林傑中校事先得悉塞頓的死訊又怎樣？這又不會促使他去殺死他心愛的女孩。」

「同意之至。你講得很有道理，但這些是我想了解的。我是一隻到處嗅尋臭味的狗！」

「I，維士先生——為什麼他說他表妹對懸崖山莊愛得發狂？這樣做動機何在？他到底有沒有收到那份遺囑？他是個誠實的人，還是個偽君子？

「最後是J——呃，這是我以前列下的一個巨大問號。到底有沒有J這個人呢……天哪，朋友！你怎麼啦？」

我大叫一聲從椅子上跳了起來，用顫抖的手指著窗子。

「一張臉，白羅！」我喊道，「貼著窗玻璃，很嚇人的臉！現在沒了——但是我剛剛看見了。」

白羅跨步過去推開窗子，探出身去。

「沒有人，」他思索著說，「你確定不是你想像出來的，海斯汀？」

「非常確定，是一張恐怖的臉。」

「外面是陽台，任何人想偷聽我們講話，都可以輕易地跑到陽台上。你說那是一張嚇人的臉，海斯汀，你指的是什麼？」

「一張瞪著人看的蒼白臉龐，幾乎不是人類的臉。」

「我的朋友，那是你發燒的緣故吧？一張臉，是的，一張難看的臉，也有可能。但說不是人類的面孔，這就不可能了。你看見的是一張緊貼在窗玻璃上的臉所造成的效果，再加上突然看見它所引起的震驚。」

「是一張可怕的臉。」我固執地說。

「不是熟人的面孔嗎？」

「不，絕不是熟人。」

「哦──雖然你這麼說，還是有可能是！我懷疑在這種情形下，你是否認得出來。我懷疑，是的，我很懷疑……」

他沉思著把面前那些紙張收拾起來。

「至少有件事值得慶幸。如果有人在偷聽，幸好我們沒提到妮可小姐還好好活著。不管這位不速之客偷聽到多少，至少這一點沒讓他聽到。」

「不過，當然啦，」我說，「你那獨具匠心的錦囊妙計，到目前為止，成果有點令人失望。妮可死了，可是卻沒有驚人的發展出現！」

「我想還需要等一陣子，我說過要等二十四小時。明天，我的朋友，如果我沒搞錯，明天就會有一些事情發生，否則，我就是從頭到尾都錯了。你看，郵件來了。我對明天的郵件抱著希望。」

早上醒來我軟綿綿地沒有力氣，不過燒已經退了，我感到很餓，就和白羅一起吃早飯。

「怎麼樣？」他在整理信件時，我不懷好意地問，「郵件裡有你的希望嗎？」

白羅剛剛拆開兩封裝著帳單的信封，他沒回答。我覺得他看起來有點沮喪，不像往常那樣自命不凡。

我拆開我自己的信，第一封是招魂術討論會的通知書。

「要是什麼方法都失敗了，」我說，「我們只好去求助於招魂術了。我經常奇怪為什麼不多試用這種方法，被害者的靈魂回來，說出凶手的姓名，那會是一項證明。」

「可是幫不了我們什麼忙，」白羅心不在焉地答道，「我懷疑瑪姬·巴克利會知道是誰射殺她的。即使她死後還能說話，也提供不出什麼有價值的線索。咦，真是奇事啊。」

「什麼事？」

「你在大談死人說話的時候，我正好拆開了這封信。」說著他把信扔了過來，是巴克利太太寄來的。

親愛的白羅先生：

回到家時，發現一封我可憐的孩子在到達聖盧之後寫給我們的信。信中恐怕沒有什麼你感興趣的，但我想也許你會想看一下。

謝謝你的關懷。

珍·巴克利敬筆

這封信裡的附件令我喉嚨哽咽，那是一封非常普通的信，一點都看不出來悲劇即將降臨的徵兆。

親愛的母親：

我平安到達了聖盧。旅途上相當舒適。一路直到埃克塞特之前，只有兩個乘客與我同一車廂。

這裡天氣好極了。妮可又健康又快活，只是有點不安，但我看不出她為什麼要十萬火急地打電報把我叫來。其實星期二才來也一樣。

沒有什麼可寫了。我們要去和一些鄰居喝茶，他們是澳大利亞人，租下了小木屋。妮可說他們熱情得叫人吃不消。萊斯太太和賴哲勒先生也要來住一陣子，他是個藝術品商人。我會把這封信投進大門旁邊的郵筒裡，好趕上收信時間。明天再談。

女瑪姬敬上

附註：妮可說她打電報是有原因的，喝過茶之後就會告訴我。她的神情古怪，而且好像有些緊張。

「死人的聲音，」白羅平靜地說，「但什麼也沒告訴我們。」

「大門旁邊的郵筒，」我信口說，「就是克夫特說他寄遺囑的地方。」

「他是這麼說，是的。奇怪，我覺得太奇怪了。」

「你那些信裡還有什麼有意思的嗎？」

「沒有了，海斯汀。我很失望，前景還是一片漆黑，我什麼也不明白。」

這時電話鈴響了，白羅走過去接聽。

只見他臉色豁然開朗起來。儘管他竭力裝作若無其事，我還是看出了他內心的興奮。

他對話筒說的話都無關緊要，所以我猜不出究竟是什麼事。

終於，他說了句「太好了，謝謝你」，然後放回話筒，回到我坐著的地方。他的兩眼散發出興奮的光芒。

「我的朋友，」他說，「我是怎麼跟你說的？事情已經開始發生了。」

「什麼事？」

「電話是查爾斯·維士打來的。他通知我，今天早上他從郵局收到了由她表妹巴克利小姐簽署的一份遺囑，日期是二月二十五日。」

「什麼？遺囑？」

「正是。」

「遺囑出現了？」

「出現得正是時候，不是嗎？」

「你認為他說的是真話嗎？」

「還是我認為那份遺囑一直就在他手中——你是不是想這麼說？啊，這一切有點奇怪，不過至少有一點是肯定的。我告訴過你，如果外界認為妮可小姐死了，那麼我們就會有所進展。事實的確如此。」

「太不尋常了，」我說，「你是對的。剛才出現的那份遺囑，我想就是指定弗雷蒂．萊斯為剩餘財產繼承人的那份吧？」

「關於遺囑的內容，維士先生什麼也沒說。他做得對極了。不過，似乎沒有什麼理由懷疑這不是原來那份遺囑。他告訴我，遺囑是由愛倫．威爾遜和她丈夫簽字見證的。」

「這麼說我們又回到了老問題，」我說，「弗雷黛瑞卡．萊斯。」

「那個謎一樣的人！」

「弗雷黛瑞卡．萊斯，」我不切題地說，「這名字倒相當漂亮。」

「對一個小姐來說，」他做了個鬼臉。「比她那些朋友叫她的『弗雷蒂』要漂亮些。」

「弗雷黛瑞卡這個名字的簡稱不多，」我說，「不像瑪格麗特這種名字，可以用上半打的簡稱。瑪姬、瑪格特、瑪琦、佩姬等等。」

「沒錯，那麼，海斯汀，現在你可覺得高興些了？因為事情已經開始發生了。」

「當然高興。告訴我，你料到會發生這件事？」

「不，不完全是，我並未確切預料到什麼。我只知道當某些結果產生之後，造成這些結果的原因就會自己顯現出來。」

「對。」我恭敬地說。

「剛才電話鈴響時，我好像正要說什麼？」白羅思索著說，「啊，對了，那封瑪姬小姐的信。我想再看一遍，我隱隱覺得信裡有什麼令我覺得奇怪。」

我把信從桌上拿起來遞給他。

他默默地細看了一遍。我在房間裡踱來踱去，透過窗子觀看海灣裡的遊艇比賽。

突然一聲驚呼嚇了我一跳，我轉過身去，看見白羅雙手捧頭，身體前搖後晃，看上去苦惱萬分。

「噢！」他呻吟道，「我瞎了眼，瞎了眼。」

「怎麼啦？」

「很複雜，我是不是這麼說過？複雜極了？不，根本不是！這個案子其實非常——非常單純。我真可悲，我什麼都看不出來，完全看不出來。」

「天啊，白羅，是什麼突然讓你靈光一閃？」

「等一下，等一下，別作聲。我得整理一下思緒。依據這驚人的發現重新整理一次。」

他抓起那張問題表從頭到尾默讀一遍，口中念念有詞。有一兩次他重重地點了點頭。

然後他往後一仰，靠在椅背上，閉上了雙眼。我還當他睡著了。

忽然間他嘆了一口氣，又張開了眼睛。

「沒錯！」他說，「一切都符合了！所有叫我傷透腦筋的事，所有讓我感到似乎有點不自然的一切，全都各就各位啦。」

「你是說，一切你都明白了？」

「差不多了，一切重要的事情。有些地方我的推測是對的，至於其他部分則離譜得可笑。現在總算全弄清楚了。今天我要發封電報去問兩個問題——不過答案我已經知道了，我這裡知道！」他敲敲前額說。

「收到回電之後呢？」我好奇地問。

他倏地站了起來。

「我的朋友，你記不記得妮可小姐說過，她想在懸崖山莊演一齣戲？今天晚上我們就在懸崖山莊演上一場，不過要由赫丘勒．白羅導演。妮可小姐將扮演其中一個角色。」他突然咧嘴一笑。「你知道，海斯汀，這齣戲裡將出現一個鬼，是的，一個鬼。懸崖山莊從來沒見識過鬼，今天晚上將有一個。不，別問了，」當我正想發問時，他說，「我不再多說什麼。今天晚上，海斯汀，我們將上演一齣喜劇，並使真相大白。不過現在還有很多事要做，很多很多。」

他匆匆離開房間。

19 白羅導演的戲

那天晚上在懸崖山莊的聚會，是一次相當奇怪的聚會。

我幾乎一整天沒見到白羅，他出去吃晚飯時給我留了個字條，叫我九點到懸崖山莊去。他還特地加了一句，叫我不必穿晚禮服。

整件事情都像個可笑的夢。

我到達懸崖山莊後，被引進客廳。我環顧了一下，注意到白羅的名單上從A到I的每個人都在場（J當然不在場，這個人是個未知數）。

甚至克夫特太太都來了，她坐在輪椅上，朝我笑著點點頭。

「想不到我會來吧？」她愉快地說，「這對我來說是個改變，我想我應當多出來活動，這也是白羅先生的想法。過來坐在我身邊吧，海斯汀上尉，不知怎的，我總覺得今天晚上的事有點叫人頭皮發麻——不過，維士先生也這麼說。」

「維士先生？」我感到相當意外。

查爾斯．維士正站在壁爐架旁，白羅在他身邊很嚴肅地跟他低聲交談。

我又朝整個房間看了看，是的，所有人都在這兒，愛倫在引我進來之後（我遲到了一兩分鐘），就在門邊一張椅子上坐了下來，另一張椅子上筆直地坐著她那氣喘如牛的丈夫和他們的孩子艾爾弗雷德，他坐在他父母之間，很不自然地扭來扭去。

其餘的人圍繞餐桌坐著，弗雷蒂穿著黑色禮服，旁邊是賴哲勒，桌子另一邊是喬治．查林傑和克夫特，我坐得離桌子稍遠一些，在克夫特太太身邊。現在，查爾斯．維士最後點了點頭，坐到主位上。白羅則悄悄地坐到賴哲勒旁邊。

顯然，自稱為導演的白羅，並不打算在戲裡扮演重要角色。負責進行的顯然是查爾斯．維士。我不知道白羅給他預備了怎樣的驚喜。

年輕的律師咳嗽了一聲站起來，看上去依然一本正經，毫無表情。

「今天晚上我們的聚會是很不尋常的，」他說，「不過，情況非常特殊。我指的當然是環繞著我表妹巴克利小姐之死的情況。當然，要進行驗屍——她無疑是中毒死亡的，有人刻意毒死她。然而這是警方的事，我不打算多談，而且警察也不希望我這樣做。

「一般情形下，死者的遺囑總是在葬禮舉行後才宣讀，但由於白羅先生的要求，我將在葬禮前宣讀遺囑。事實上，我打算就在此時此地當眾宣讀。這就是諸位被請來此地的原因，就如我剛才所說的，情況非比尋常，我認為我這樣做是有道理的。

「這份遺囑有點不尋常，簽署日期是二月，但直至今天上午才寄達我手上，遺囑無疑是我表妹親筆寫的——對這一點我毫不懷疑，雖然這是一份非常不正式的文件，但它有正式的見證人，因此它是完全有效的。」

他停了停，又清了清嗓子。

每雙眼睛都注視著他。

他從手中的一枚長信封裡抽出一張紙，我們都看見那是一張普通的懸崖山莊便箋。

「遺囑相當短。」維士說著，恰到好處地頓了頓，就開始讀道：

這是瑪格黛勒·巴克利的最後遺囑，我指示付清我葬禮的一切費用，並且指定我的表哥查爾斯·維士為遺囑執行人。為了報答米爾德瑞·克夫特對我父親菲利普·巴克利的大恩大德，我把我死後的一切財產留給米爾德瑞·克夫特。

立遺囑人：瑪格黛勒·巴克利

見證人：愛倫·威爾遜

威廉·威爾遜

我愣住了，我猜大家也全愣住了，只有克夫特太太平靜、了解地點了點頭。

「這是真的，」她平靜地說，「我並不是想提起往事，但當時菲利普·巴克利在澳大利亞，要不是我——算了，我不想說了。那是一個祕密，沒有必要揭發。她知道內容——我指的當然是妮可，一定是她父親告訴了她。我們從澳大利亞來這兒，為的是看看這塊地方。我以前時常聽菲利普．巴克利說起這個懸崖山莊，心裡充滿了好奇。那親愛的女孩知道一切，想盡力為我們做些事情，她要我們跟她住在一起，但我們不願意這麼做，後來她堅持要我們住進小木屋，一毛錢租金都不肯收，當然，為了防止閒言閒語，我們假裝付給她租金，然而她暗地裡又還給我們。現在呢，這……呃，如果有人說世界上沒有感恩圖報的事，我會告訴他們說他們錯了！這就是證明。」

在充滿了驚訝的靜默中，白羅看看維士說：「你知道這件事嗎？」

維士搖了搖頭。

「我知道菲利普．巴克利去過澳大利亞，但沒聽說過他在那裡的任何傳聞。」

他疑惑地看看克夫特太太。

她搖搖頭。「不，我不會告訴你。我從未說起過這件事，將來也絕不會說的。這個祕密將和我一起埋進墳墓。」

維士一言不發。他靜靜地坐著，用鉛筆輕敲桌面。

「維士先生，」白羅傾身向前說道，「你是死者最近的親屬，想必可以對這份遺囑提出抗議吧？據我所知，在立這份遺囑時，立遺囑人不知道這份遺囑會牽涉到一大筆尚未出現的財產。」

維士冷冷地看著他。

「這份遺囑完全合法、有效。我不會對我表妹處理財產的方式表示異議。」

「你是個誠實的人，」克夫特太太讚賞地說，「你會得到好報的。」

這句評語雖是好心好意，卻令人尷尬，查爾斯不禁有點退縮。

「啊，孩子的媽，」克夫特先生用一種掩不住的興奮聲音說，「真想不到！妮可並沒告訴我她這樣做。」

「那親愛的小女孩，」克夫特太太用手帕擦了擦眼角，「我但願她現在在天上看著我們，或許她正在看，誰知道呢？」

「或許吧。」白羅表示同意。

突然，他好像想起了什麼似的，往前後左右看了看。

「我有個想法！既然我們都坐在桌子旁邊，就來一次招魂術怎樣？」

「招魂術！」克夫特太太有點震驚地說，「但無疑地——」

「啊，啊，一定十分有趣。海斯汀有種厲害的靈媒能力（我心想，為什麼找上我），可以傳遞另一個世界的訊息。機會難得！我覺得各種條件正適合，你也這樣想嗎，海斯汀？」

「是的。」我毅然答道，跟著他演起來。

「好，我知道了，快，熄燈！」

說著他自己站了起來把燈全關掉，他的動作如此之快，誰也來不及提出異議，事實上，我想他們還沒有從那個遺囑所造成的驚愕中清醒過來。

房間裡並非漆黑一片，窗簾拉開著，而且由於天氣暖和，窗子也敞開，微微的亮光透過窗子照進來。我們無聲地坐著，一兩分鐘後，我開始能夠辨認出家具模糊的輪廓，只是一點也不知道下一步該怎麼做，同時暗自詛咒著白羅，詛咒他事前根本沒指示過我。

然而，我還是閉上雙眼，有點像是打鼾似地呼吸著。

這時白羅站了起來，踮起腳尖走到我的椅子旁，然後又折回他的座位喃喃地說：「啊，他已經精神恍惚起來。很快就會有事情發生了。」

坐在黑暗中等待，令人充滿著一種憂慮不安感，我的神經緊張極了，我想別人也一樣，然而，至少我終於猜出了將會發生什麼事，因為我知道一個別人都不知道的重要事實。

即使是這樣，當我看見餐廳的門慢慢打開時，我的一顆心還是幾乎跳出來。

那扇門想必上過油，所以開得那麼無聲無息，造成一種恐怖氣氛。它開得那麼慢，至少開了一兩分鐘。隨著那扇門被緩緩推開，房間裡像是吹進一股陰森森的冷風。我想，這大概是窗外流進來的夜氣，但此時，它就像我所讀過的鬼故事裡的陰風一樣，令人毛骨悚然。

然後，我們都看見了！門口有一個白色的人影，是妮可·巴克利……

她無聲無息地移動著，那種飄忽的步態真像個幽靈……

這時我才意識到這個世界錯失了一個多麼了不起的女演員，妮可早就想在懸崖山莊演一齣戲，現在她如願以償了。而且我可以肯定她十分自得其樂，她演得不能再好了。

她慢慢地飄了進來，室內的沉默破碎了。

我身旁的輪椅上發出喘息、驚叫聲。克夫特先生發出一種怪聲。查林傑嚇得咒罵出聲。查爾斯．維士呢，我想，他把椅子往後挪了一挪。賴哲勒則是傾身向前。只有弗雷蒂靜靜坐著沒動也沒響。

這時候一聲震天尖叫，愛倫跳了起來。

「是她！」她叫道，「她還魂了！她在走路！枉死鬼走起路來就是這種樣子，是她，是她啊！」

就在這時，「啪嗒」一聲，燈光亮起。

我看見白羅站在燈光旁，滿臉是馬戲團指揮的得意微笑。妮可則穿著白色長袍站在房間當中。

弗雷蒂第一個開口說話，她不相信地伸出手去碰碰她的朋友。

「妮可，」她說，「你——你沒有死！」

這句話輕得像是耳語。

妮可大笑起來，她走上前來說道：「是的，我沒死。」然後轉向克夫特太太說：「對於你為我父親所做的事，我這輩子感激不盡，克夫特太太，不過，恐怕你還不能享受那份遺囑所提供的利益。」

「哦，我的上帝，」克夫特太太喘不過氣地說道，「我的上帝！」她在椅子裡扭動著身子前後搖晃，「帶我走吧，伯特，帶我回去。他們開了個大玩笑，親愛的——全是開玩笑，真的。」

「很古怪的玩笑。」妮可說。

門又開了，進來一個人，走路非常輕，以至於連我都沒聽見。我吃驚地發現那是傑派，他很快地跟白羅點了點頭，他點頭時臉上的神情好像知道這一點頭，白羅一定會覺得滿意似的。接著他臉色豁然開朗，快步走向坐在輪椅上那位不自在的太太。

「喂喂喂，」他說，「這是誰呀？一位老朋友！告訴諸位，這是米莉．默頓，而且又在幹她的老勾當，我親愛的。」他不理會克夫特太太的尖叫抗議聲，轉身對大家解釋說：「這是我們碰到過的最精明的證件偽造者，米莉．默頓。上回由於一次交通事故才被他們逃走，瞧啊，即使斷了脊椎骨，也阻止不了她耍詐。她是個天才，真的！」

「這個遺囑是不是偽造的？」維士問道。

「當然是偽造的，」妮可不屑地說，「你總不至於認為我會立下這樣荒唐的遺囑吧，我把山莊留給你，查爾斯，其他的統統給了弗雷蒂。」

她說著走到她那位朋友的身邊。就在這一刻出事了。

窗口火光一閃，一顆子彈呼嘯而入，接著又是一槍，我們聽見窗外有人呻吟了一聲摔倒在地……

弗雷蒂站在那裡，臂上流下一股殷紅的血……

20 未知數

這事發生得如此突如其來，一時之間，沒人知道出了什麼事。緊接著白羅大叫一聲奔出窗外，查林傑跟隨著他。

他們很快就回來了，還抬著一個軟綿綿的人。他們把他小心地放在一張皮沙發上。我看清他的面孔以後，驚呼起來。

「這就是——這就是窗上的那張臉。」

是的，昨晚從窗外窺視我們的就是這個男人，我立刻認了出來。此時，我也明白了當我說他幾乎不像是人時，我正如白羅所說的是誇大其辭了。

然而他的臉是有些什麼，造成了我的那種印象。這是一張失落的臉，一張與一般人性有所隔閡的臉。

蒼白、虛弱、頹廢，看起來好像只是張面具，彷彿此人早就沒了靈魂。

臉的另一側，下方流著血。

弗雷蒂慢慢地走了過來，站在沙發旁邊。白羅轉身攔住她。

「你受傷了，太太？」

她搖搖頭。「子彈擦過肩膀，沒什麼。」

她輕輕推開白羅，俯下身去。

那人張開了眼睛，見她正看著自己。

「但願這次能叫你滿意了，」他惡毒地低聲咆哮起來。但突然間，他的聲音變得像個小孩子。「噢，弗雷蒂，我不是故意的，不是故意的。你老是對我這麼寬容……」

「沒關係——」

她跪在他身邊。

「我不是故意……」

他的頭垂落，這句話永遠說不完了。

弗雷蒂抬起頭看著白羅。

「是的，太太，他死了。」他輕聲說。

弗雷蒂慢慢站了起來，低頭看著死去的人，用一隻手憐憫地撫摸著他的前額，然後嘆了一口氣，轉向我們大家。

「他是我丈夫。」她平靜地說。

「J。」我自言自語地說。

白羅聽我這麼一說，很快地點了點頭。

「是的，」他輕柔地說，「我一直覺得有個J存在。我一開始就這麼說的，不是嗎？」

「他是我丈夫，」弗雷蒂有氣無力地說著，她跌坐進賴哲勒斯搬給她的椅子裡。「現在……我可以把一切都告訴你們了。

「他是個完全墮落的浪子，是個吸毒的惡魔，而且還教我吸毒。我一直在跟毒癮對抗。我想，終於，我快要痊癒了。這是很痛苦，很困難的，噢，艱難得無法想像，沒有這種經歷的人是完全無法體會的。

「但是我擺脫不了他。他老是來要錢，威脅我，或者說是勒索。要是我不給錢，他就要開槍自殺，他總是這樣要脅我。後來他竟威脅要射殺我。他很不負責任，他瘋了——他是個瘋子……

「我想大概是他殺了瑪姬·巴克利。當然，他並非有意要射殺她，他一定以為那是我。

「我想我應該早點把這個情況講出來，但我畢竟只是猜測，並無憑據。而且妮可遇到的那些奇怪意外事故，讓我覺得或許根本不是他，而是另有其人。

「後來有一天，我在白羅先生桌上看見了一張撕破的紙，上面有他的筆跡，那是他寫給我的信的殘片，我就知道白羅先生正在追查。

「打那時起，我就知道只這是遲早的事……

「可是我不明白巧克力的事。他不會想要毒死妮可的，而且不管怎麼說，我不明白他怎麼可能和那件事有任何關聯。我感到非常困惑。」

她雙手捂著臉，然後又緩緩鬆開，以悲戚、怪異的腔調說出最後結語。

「一切就是這樣了……」

21／K這個人

賴哲勒快步走到她身旁。

「我親愛的，」他說，「我親愛的。」

白羅打開壁櫥，倒了杯酒遞給她，站著等她喝下去。她喝了以後，把酒杯遞還給白羅，微微一笑。

「現在好些了。下一步我們怎麼辦呢？」

她看看傑派，但傑派搖搖頭。

「我正在休假，萊斯太太。我只不過是來幫老朋友一臂之力。負責這個案子的是聖盧警方呀。」

她又看看白羅，問：「那麼白羅先生代表聖盧警方嗎？」

「哦，不要這樣說，太太！我只是個微不足道的諮詢偵探。」

「白羅先生，」妮可說，「我們能不能把這件事隱瞞起來？」
「小姐，你希望這樣？」
「是的。反正我是當事人，現在不會有人再攻擊我了。」
「是的，這是實話，現在不會再有人攻擊你了。」
「你在想瑪姬吧？但是，白羅先生，不管怎樣，她是不能復活了。如果你公開這一切，只會給弗雷蒂帶來很多痛苦，並且讓她受到社會的歧視和誹謗，而她不該受這種罪。」
「你說不該？」
「當然不該！我一開始就告訴你，她嫁了一個禽獸般的丈夫。今天晚上你也看到他是怎樣一個人了。現在他死了，就讓事情這樣結束吧。讓警方繼續追查殺死瑪姬的凶手好了，他們什麼也不會找到，最後一切就不了了之了。」
「那麼，你的意思是就這樣了，小姐，把整件事隱瞞起來？」
「是的。好嗎？哦，就這麼辦吧，就這麼辦吧，親愛的白羅先生。」
白羅緩緩地環顧四周。
「你們大家說呢？」
大家輪流表態。
「我同意。」當白羅看我的時候，我這麼說。
「我也同意。」這是賴哲勒的意見。

「再好不過了。」查林傑說。

「讓我們把今天晚上發生的一切都完全忘掉。」克夫特先生毫不猶豫地表示贊同。

「我就知道你會這樣說！」傑派插嘴說。

「高抬貴手吧，親愛的。」克夫特太太抽泣地對妮可說。

妮可輕蔑地看了她一眼，沒有答話。

「愛倫，你呢？」

「我和威廉不會走漏半點風聲，先生。禍從口出，少說為妙。」

「那你呢，維士先生？」

「紙是包不住火的，」查爾斯．維士說，「事實應當有它本來的面目。」

「查爾斯！」妮可叫道。

「對不起，親愛的，我是站在法律的立場看問題。」

白羅忽然笑了。

「七比一。我們的好傑派抱持中立。」

「我在休假，」傑派露齒一笑。「我不算數。」

「七比一。只有維士先生挺身而出，站在法律和秩序的立場上。你知道，維士先生，你是一個品格高尚的人。」

維士聳聳肩膀，說：「情況很清楚。只有這樣做才對。」

「好。你是個誠實的人。呃——我也站在少數的一方。我，也贊成實話實說。」

「白羅先生！」妮可叫道。

「小姐，是你讓我參與了這個案子，我是應你的意向而加入的。現在你無法叫我保持沉默。」他用食指做了一個令人感受到威脅的手勢。這個手勢我十分熟悉。「你們全都坐下。我來告訴你們——真相。」

我們在他專制的態度下，靜靜地坐了下來，聚精會神地把臉轉向他。

「注意！我這裡有份名單，跟本案有牽連的人都在裡頭。我依照字母的順序，一直排到J。J是個未知的人，他經由其他人而與此案發生關係。直到今晚，我才知道J是誰，不過在這之前，我就感覺到有這麼一個人存在。今晚的事證明我是對的。

「不過昨天，我突然發現自己犯了一個嚴重的錯誤。我太疏忽了。於是我又在名單上加了一個字母，那就是K。」

「又是個未知的人？」維士有點嘲弄地問。

「不完全如此。我用J代表未知的人。如果還有一個未知的人，就應當是另外一個J。K具有完全不同的意義。它代表一個原本應該包括在名單上卻被忽略的人。」

他俯身看著弗雷蒂。

「你放心，太太，你的丈夫並非凶手，槍殺瑪姬小姐的人是K。」

她睜大眼睛。

「可是誰是K呢？」

白羅對傑派點點頭。傑派走上前來，用他以前在刑事法庭上作證的語氣說：「我收到白羅先生的訊息之後，今天晚上，我提早來到這裡，並由他祕密引進這幢房子，躲在客廳的窗簾後頭。當諸位全都聚集在這裡聽讀遺囑時，有一位年輕女士走進客廳，打開電燈，走到壁爐前，打開由彈簧啟動的一塊嵌板，裡面是個壁龕。她從那裡頭取出一枝手槍，離開客廳。我跟著她，從門縫裡監視她的舉動。大廳裡掛滿了來賓的大衣和披肩，那位女士用一塊手帕仔細擦了擦手槍，然後把它放進了一件灰色外套的口袋裡，那是萊斯太太的外套——」

妮可驚呼了一聲。

「這不是真的，沒有一個字是真的！」

白羅一手指向她。

「請看！這就是K！是妮可小姐射殺了她的堂妹瑪姬．巴克利。」

「你瘋了？」妮可嚷了起來，「為什麼我要殺瑪姬？」

「為了繼承邁克．塞頓留給瑪姬的遺產！她的名字也叫瑪格黛勒．巴克利——塞頓上尉是和她訂婚，不是你！」

「你，你……」

她站在那裡發抖，一句話都說不出來。

白羅轉向傑派。

「你給警察打了電話沒有？」

「打了，他們現在就等在大廳裡，帶有逮捕令。」

「你們全都瘋了！」妮可歇斯底里地叫道，然後她快步走到弗雷蒂身邊。「弗雷蒂，把你的手錶給我做紀念，好嗎？」

弗雷蒂慢慢地從手腕上取下了鑲著寶石的手錶，交給妮可。

「謝謝。現在，我們大概得繼續演完這齣荒誕不經的戲。」

「這是你計畫在懸崖山莊演的戲。是的，不過，你實在不該讓赫丘勒·白羅參加演出。這就是你失策之處，小姐，這是你自己鑄成的大錯！」

22 尾聲

「你們要我解釋一下嗎？」

白羅環顧四周，臉上堆滿了滿足的笑容，和一種我非常熟悉的嘲諷式謙卑。

我們已經移到客廳，人數也減少了。傭人們識時務地退了出去，克夫特夫婦也跟著警察走了。留下的只有我、弗雷蒂、賴哲勒、查林傑和維士。

「好吧，我得承認，我曾被愚弄過，徹頭徹尾被愚弄過，用你們的話來說，我正是被妮可小姐這個黃毛丫頭牽著鼻子團團轉啊！太太，你說過你那位朋友是個聰明的小騙子，你說得多麼正確啊！」

「妮可老是說謊，」弗雷蒂泰然自若地說，「所以，我並不真的相信她那些死裡逃生的怪事。」

「但我這個大傻瓜卻相信了她。」

「難道這些事故不是真的發生過？」我承認，直到這時，我仍然感到十分困惑。

「全是捏造出來的──非常聰明，好給人造成一種印象。」

「什麼印象？」

「妮可小姐生活在危險之中的印象。但我還要從更早講起。讓我把我拼起來的故事講給你們聽，而不是以前我所想的有缺點、片斷的故事。

「首先，有一個女孩芳齡正妙，如花似玉，狂妄無恥，狂熱地眷戀著她的懸崖山莊。」

查爾斯．維士點點頭。

「這我告訴過你。」

「你講得對。妮可小姐熱愛這幢古屋，但她沒錢。房子抵押出去了，她需要錢，迫切地需要，但她得不到。她在托基遇見了年輕的塞頓，並吸引了他。她知道無論發生什麼情況，塞頓都是他叔叔的繼承人，而那位叔叔富可敵國。好！她審度形勢，覺得自己福星高照。塞頓雖然被她吸引，卻沒有被她迷住，只是覺得妮可很有意思而已。他們在斯卡伯勒相會的時候，他帶她坐上飛機到處兜風，然而──大禍來臨，塞頓遇到了瑪姬，兩人一見鍾情。

「妮可小姐驚得目瞪口呆。塞頓竟然愛上她從不認為漂亮的堂妹瑪姬！可是，對年輕的塞頓來說，她與眾不同，她是世界上唯一值得他追求的女孩。他們祕密訂婚了。知悉內情的人只有一個，便是妮可小姐。因為可憐的瑪姬小姐──她很高興有一個人可以和她談這件事。她無疑還把未婚夫的信讀過幾封給她聽，所以妮可小姐便獲悉了遺囑的事。當時她並未留意這件事，但這件事終究留在她腦海裡。

「接著馬修爵士突然去世，同時謠傳邁克．塞頓失蹤的消息。我們這位年輕小姐立刻產生了一個險惡的念頭。塞頓不知道她的名字也叫瑪格黛勒，他以為妮可的名字就叫妮可。他立的遺囑很不正式，只提到了名字。可是，在世人眼中，塞頓是妮可的好朋友！跟他的名字湊成一對的是她。如果她宣稱說自己是塞頓的未婚妻，誰也不會感到意外。可是若想成功達到目的，就必須把瑪姬除掉。

「時間緊迫。她安排瑪姬來跟她住幾天，然後著手製造幾次死裡逃生的故事。吊畫的繩子是她自己割斷的，還自己動手破壞煞車器，那塊滾下來的石頭——或許是自然現象，她只不過是編出她正好從底下經過的故事。

「然後，她在報紙上看到我的名字（我告訴過你，海斯汀，我的大名是婦孺皆知的！），她膽子很大，讓我成了她的共謀，那顆射穿帽沿的子彈恰巧落在我腳下。噢，漂亮的一場戲！於是我就被拉進了她所導演的戲裡，相信她真的大難當頭。這麼一來，她便有了一個很有價值的見證人。而我要她找一個朋友同住，這一點正中她的下懷。她抓住這個機會，要瑪姬提早一天到來。

「事實上，這件案子十分簡單。晚餐時，她離開我們說要去打電話。從收音機裡證實了塞頓的死訊之後，她就開始實行她的計畫了。她有足夠的時間拿到塞頓寫給瑪姬小姐的信，選出幾封派得上用場的，放到自己的房間。下一步，大家在看煙火時，她和瑪姬離開我們回到屋子裡。她叫她堂妹圍上她的披肩，自己則悄悄尾隨她走出屋子，向她開了槍。然後迅速跑回屋裡，把槍藏進祕密的壁龕（她以為誰也不知道有這麼個壁龕），轉身上了樓。當她聽到花園裡有了聲響，屍體被發現，這才下來。

「她匆匆下樓，從落地窗出去。

「她演得多逼真哪！簡直了不起！噢！是的，她策畫了一齣好戲。那個傭人愛倫說這是一幢不吉祥的房子，我頗有同感。妮可小姐犯罪的靈感就來自這幢古屋。」

「但那些下了毒的巧克力，」弗雷蒂說，「我還是弄不懂是怎麼回事。」

「這是做案計畫的一環。你難道看不出，如果瑪姬死了之後妮可的生命仍受威脅，就可證明瑪姬之死純屬誤殺？

「當她認為時機成熟了，就打電話給萊斯太太，請她送盒巧克力來。」

「那麼說，電話裡是她的聲音？」

「是的。最簡單的解釋往往是真實的，不是嗎？讓自己的聲音聽起來有點不一樣，如此而已。這樣當你被詢問的時候，你就拿不定主意。當巧克力送到之後，也是十分簡單的事。她把古柯鹼裝進其中三塊（她身邊巧妙地藏有這種毒品），吃了一塊，就那樣中毒了，但不至於無法搶救。她很清楚什麼劑量是致命的，什麼劑量能顯示出中毒症狀但沒有大害。

「而那張卡片——我的卡片！啊，她可真是大膽！那是我的卡片，我送花時所用的卡片。很簡單，不是嗎？是的，不過，得想得到……」

一時間誰也不作聲。後來弗雷蒂問道：「她為什麼要把手槍放進我的外衣口袋呢？」

「我就知道你會問這個問題，太太。你問得正是時候。告訴我，你有沒有想過妮可小姐不喜歡你了？或者感覺到她可能——恨你？」

「很難說，」弗雷蒂遲疑地說，「我們之間並沒有友誼。她過去是喜歡我的。」

「告訴我，賴哲勒先生，現在不是假客套的時候，你和妮可小姐之間可曾有點什麼？」

「沒有，」賴哲勒搖搖頭。「有一段時間她吸引了我，但後來，不知為什麼，我跟她疏遠了。」

「啊，」白羅鄭重其事地點點頭說：「這是她的不幸之處。她很能吸引人，但到頭來，人們又『跟她疏遠了』。你沒有愈來愈喜歡她，反而愛上了她的朋友，她就開始憎恨萊斯太太了——這個背後有位有錢男友的萊斯太太。去年冬天她立遺囑時還是喜歡她的，後來就不同了。」

「她記得那份遺囑，卻不知道它已被克夫特扣押下來，永遠到不了她表哥手中。萊斯太太（或是世人會這樣認為）有要妮可死的動機。因此她打電話要她幫她買巧克力。今天晚上宣讀遺囑，太太被指定為剩餘財產繼承人；然後又在太太的衣袋裡發現用來殺死瑪姬．巴克利的手槍。如果手槍是你自己在衣袋裡發現的，而打算把它扔掉，那就更顯得可疑了。」

「她一定是恨我。」弗雷蒂囁嚅著說。

「是的，太太，你擁有她所沒有的東西——你得到愛情，並且能夠保住愛情。」

「我大概太笨了，」查林傑說，「關於妮可遺囑的事我還是不太明白。」

「不明白嗎？這跟妮可犯下的案子不是同一回事，但也很簡單。克夫特夫婦躲藏在這裡。他們從妮可小姐動手術這件事看到一個機會，妮可沒立過遺囑，他們就說服她立了一個遺囑，並負責幫她寄出去。這樣，如果她手術出事，死了，他們就可以拿出一份精心偽造的遺囑，說是為了在澳大利亞發生的一件牽涉到菲利普．巴克利的神祕事件，妮可把一切都留給克夫特太太。大家都知道妮可的父親菲利普確實去過澳大利亞。

「但妮可小姐割盲腸的手術很成功，所以那份偽造的遺囑就派不上用場了。至少暫時如此。後來開始發生有人企圖傷害她的事件。克夫特夫婦又再度看到希望。最後我宣布妮可小姐中毒而死。他們怎麼會錯過這個大好機會？於是一份偽造的遺囑馬上寄到了維士先生手中。當然，首先，他們自然以為她比看上去要富有得多。關於房子抵押一事，他們更是一無所聞。」

「我想知道的是，白羅先生，」賴哲勒說，「事實上，你是怎麼知道這些的？你從什麼時候開始懷疑妮可小姐？」

「啊，說來慚愧，我被牽著鼻子轉得太久了。有些東西使我很困惑，是的。一些似乎不太對勁的事。妮可小姐對我說的話和別人告訴我的總是有出入，不幸的是我始終相信她。

「後來我突然得到一個啟示，妮可小姐犯了一個錯誤。她太聰明了，在我勸她接一個可靠的親友來陪她同住時，她答應了，但她卻隱瞞了她早已來找瑪姬小姐的事實。在她看來，這似乎沒什麼可疑之處，但確實是個失策。

「因為瑪姬．巴克利一到這裡就寫了封信回家，信裡她寫了一句令我疑惑的無心之言：『我看不出她為什麼要十萬火急地打電報把我叫來，其實星期二才來也一樣。』信中提到星期二是什麼意思？這句話只說明一件事，那就是不管怎樣，媽姬星期二總是要來的。但是這麼一來，我看出妮可小姐說了謊，或者說是隱瞞了事實。

「這時我才第一次用不同的眼光來看她。我不再相信她的話，反而自問：『假如這不是真的呢？』我想起了她的話和別人的說法之間的矛盾。我問自己，如果每次都是妮可小姐而不是別人說了謊，那會怎樣呢？

「我對自己說：『單純一點，實際上真正發生過什麼事？』

「於是我發現實際上只發生了一件事，那就是瑪姬．巴克利被殺害了。只發生了這件事！不過誰會要瑪姬死呢？

「然後我又想起了另一件事。在我考慮這個問題的五分鐘前，海斯汀講了幾句話，他說瑪格麗特有許多簡稱，馬姬、馬格特等等。我突然想到馬姬小姐的真名是什麼呢？然後，一個新的想法震撼了我。假設她的名字是瑪格黛勒！這是巴克利家族常用的名字，妮可小姐這樣告訴過我。兩個瑪格黛勒．巴克利！如果……

「我想起了那幾封邁克．塞頓的信。是呀，我這種想法並不是不可能。信裡提到過斯卡伯勒，但瑪姬和妮可是一起去斯卡伯勒——這是瑪姬的母親親口對我說的。

「這就解釋了一件令我煩惱的事。為什麼塞頓的信那麼少？一個女孩如果保存情書，她會全都保存起來，而不會僅僅保存其中幾封。那麼妮可小姐為什麼偏偏只保存了這幾封呢？是不是這幾封信有什麼特別的地方？

「於是我記起這些信有一個共同之處，就是信裡都沒有提及人名。信的開頭有各種稱呼，不過都是『親愛的』之類的泛稱，信裡沒有一處提及她的名字——妮可。

「還有一個破綻，我本應當立即發現的——而這更進一步說明了事實真相。」

「是什麼？」

「啊，是這樣。妮可小姐在二月二十七日開刀割盲腸，而有封邁克·塞頓的信是三月二日寫的，但信裡卻沒提到任何擔憂她生病的事，或任何不尋常的話。這個情況應當提醒我這一點：這些信本來就是寫給另外一個人的。

「然後我又從頭到尾看了一遍問題表。我從新的觀點回答那些疑問。

「除了幾個孤立的問題之外，結果是單純可信的。同時我也回答了早些時候我百思不得其解的一個問題：妮可小姐為什麼買了件黑色禮服？答案是，她必須和她的堂妹穿得很相像，猩紅色披肩是唯一的差異。這才是真實而令人信服的答案。女孩子不會在知道愛人的死訊之前就先買下喪服。那會顯得不真實、不自然。

「所以，輪到我來策畫一場小小的戲。而我所希望的事發生了！當初我問起那個祕密的壁龕時，她矢口否認說根本就沒有這麼個東西。但如果有的話——我看不出愛倫有什麼理由要憑空捏造出這個壁龕——妮可必定知道。於是我想，為什麼她要竭力否認呢？有沒有可能她把手槍藏在那裡，為了以後好嫁禍於人？

「我讓事情表面上看起來對萊斯太太非常不利。這正是妮可原先計畫的。我早就預見到妮可無法抗拒這樣一個誘惑：把最關鍵的物證加到萊斯太太頭上去！況且這樣做有利於她。因為愛倫可能會發現那個壁龕，而手槍就在裡面！

「當我們全都安全地聚集在餐廳裡，她在外面等待暗示出場時，她想，那時候把手槍從壁龕中取出來放進萊斯太太的外套口袋，一定非常安全……

「於是，終於，她落網了。」

弗雷蒂哆嗦了一下。

「不管怎樣，」她說，「我還是很高興我把手銬給了她。」

「是的，太太。」

她迅速看了他一眼。

「那個你也知道？」

「愛倫怎樣呢？」我插嘴問道，「她知道這件事嗎？還是疑心過什麼？」

「不，我問過她。她告訴我那天晚上她之所以沒有出去看煙火而留在屋裡，用她自己的話說，是因為她『認為會發生什麼事』。那天晚上妮可小姐極力慫恿她出去看煙火害她惴惴不安。她已經猜出妮可小姐不喜歡萊斯太太。愛倫對我說『我打從心裡覺得有事會發生』，但她以為遭殃的是萊斯太太。她說她知道妮可小姐的脾氣，她一向是個古怪的小女孩。」

「是啊，」弗雷蒂喃喃地說，「我們就把她想成這樣吧，一個古怪的小女孩，一個拿自己無可奈何的古怪小女孩……我會一直這麼想。」

白羅拿起她的手，輕柔地吻了一下。

查爾斯．維士不安地挪動身子。

「這是一件極不愉快的事，」他冷靜地說，「我想，我必須設法讓她得到辯護。」

「用不著了，我想，」白羅文雅地說，「如果我的推測沒錯。」他突然轉向查林傑。「原來你把毒品放在這個地方，是不是？」他說，「放在那些手錶裡？」

「我……我——」海員開始結結巴巴了。

「用不著瞞我。你看上去像個正人君子，但你只能騙騙海斯汀，卻騙不了我。你從中撈了不少油水，不是嗎？走私販毒，你和你哈利大街上的那個舅舅！」

「白羅先生！」查林傑站了起來。

我那矮小的朋友沉著地盯著他。

「你就是那位有用的『男性朋友』——要是你高興的話盡可以否認。不過，給你一個忠告，如果你不想把這件事鬧到警察手裡，就滾蛋吧。」

使我驚異不已的是查林傑真的就走了。他像一陣風離去，我怔怔地看著他的背影，嘴都合不攏了。

白羅仰天大笑起來。

「我告訴過你，我的朋友。你的直覺老是出錯。可真了不起！」

「古柯鹼原來在手錶裡——」我說。

「沒錯，沒錯，這就是為什麼妮可小姐在療養院裡還能那麼方便就拿到手。她把存貨都放進巧克力裡，所以她剛剛把萊斯太太新裝滿的手錶要去了。」

「你的意思是她缺少不了它？」

「不，不，妮可小姐並沒有毒癮。她只是偶爾為了好玩才吸毒。但今天晚上她需要古柯鹼是另有目的。這次她要用足分量。」

「你是說——」我叫了起來。

「這是最好的方式，比上絞刑台好多了。但是，哎，我們怎麼可以在忠於法律的維士先生面前道破天機呢？從官方的立場來說，我什麼也不知道。手錶裡的東西，我只是胡亂猜猜罷了。」

「你的猜測總是正確的，白羅先生。」弗雷蒂說。

「我得走了。」查爾斯．維士說。

他離開我們的時候臉上的表情很不以為然。

白羅看看弗雷蒂，又看看賴哲勒。

「你們要結婚了，是嗎？」

「快了。」

「真的，白羅先生，」弗雷蒂說，「我並不像你所想的那樣是個吸毒者。我已經戒到極少量了。現在，我想，幸福就在眼前，我永遠不再需要這種手錶了。」

「我祝你幸福，太太，」白羅柔聲說，「你受了許多難言的苦楚，卻仍然有一顆仁慈的心……」

「我會照顧她的，」賴哲勒說，「我的生意不景氣，但我相信我會度過難關。即使我破了產——啊，弗雷蒂不在乎窮困潦倒，她會跟我在一起。」

她微笑地搖搖頭。

「不早啦。」白羅看著時鐘說。

我們全站了起來。

「我們在這幢不尋常的古屋裡消磨了一個不尋常的夜晚。」白羅說，「我想，這是一幢不吉祥的老屋，就像愛倫說的那樣……」

他抬起頭看看妮可的畫像。

這時，他突然把賴哲勒拉到一邊。

「對不起，在那些問題裡，只有一個我還不明白。告訴我，你為什麼要出五十英鎊買那幅畫？要是你不吝賜教，我會不勝感激——你明白，不要留下個尾巴，沒有答案。」

賴哲勒毫無反應地看了他一兩分鐘，然後笑了。

「你知道，白羅先生，」他說，「我是個生意人。」

「正是。」

「那幅畫最多只值二十英鎊。我知道如果我出五十英鎊，妮可就會疑心這幅畫可能不只值這個數。她就會另外請人估價。這麼一來她就會發現我出的價要高出許多。下次我再要買她的畫，她就不會再請別人估價了。」

「是的，那又怎樣呢？」

「牆那一頭的那幅畫至少要值五千英鎊。」賴哲勒冷淡地說。

「啊，」白羅深深吸了一口氣。「現在我全明白啦！」他高興地說。

專文推薦

藏在日常細節中的冒險

楊照（作家）

一開始，就都在那裡了。

一九二〇年，阿嘉莎·克莉絲蒂出版了《史岱爾莊謀殺案》，神探白羅就已經退休了。而且在這個案子裡，藉由敘述者海斯汀的轉述，就鋪陳出克莉絲蒂小說最基本的偵探原則：

「那些看來或許無關緊要的小細節……它們才是重要的關鍵，它們才是偉大的線索！」

「豐富的想像力就像洪水一樣，既能載舟亦能覆舟，而且，最簡單直接的解釋，往往就是最可能的答案。」

「沒有任何謀殺行為是沒有動機的。」

還有，一個不討人喜歡的死者，一群各有理由不喜歡死者、因而也就都有殺人動機的人，這些人彼此之間構成複雜的關係，有的互相仇視，有的互相愛戀，麻煩的是，有些愛人其實貌合神離，有些仇人其實私下愛慕；更麻煩的是，不論是愛或是仇，都有可能是扮演出來的。

一個外來的偵探必須周旋在這些嫌疑者之間，從他們口中獲取對於案情的了解，換句話說，他必須在很短的時間內，搞清楚誰是誰、誰跟誰吵架、誰跟誰偷情，然後判斷誰說的哪一句是實話、哪一句是謊言。常常謊言比實話對於破案更有幫助。

再偷偷透露一下，如果要和小說裡的凶手及小說背後的作者鬥智，就像克莉絲蒂對英國社會的了解，祕訣就在於要去追究小說裡的人物背景，尤其是他們的階級地位。基本上，階級地位愈高、權力愈大、愈有錢者，說的話就愈不要相信。例如在《史岱爾莊謀殺案》中，僕人、園丁說的話遠比有頭有臉的人說的要可信多了。就算要說謊，他們的謊言也比較天真，而且往往出於善良動機。當你歸納線索時，就會知道他們並非故意說謊，那是因為他們的認知受到蒙蔽或誤導，而你慢慢就從這蒙蔽或誤導中被引導到真相。

《史岱爾莊謀殺案》出版那年，克莉絲蒂三十歲，但書稿其實早在五年前就寫好了，畢竟要找到有人願意出版一個看來再平凡不過的家庭主婦寫的小說，並不是那麼容易。

所有和克莉絲蒂接觸過的人，都對於她的「正常」留下深刻印象。她看起來就和她那個年紀的典型英國家庭主婦一樣，害羞、靦腆，只能在社交場合勉強跟人聊些瑣事話題，完全無法演講，甚至連只是站起來對眾賓客說幾句客套話，請大家一起舉杯，她都做不到。她不演講，也很少答應接受採訪，就算採訪到她也很難從她口中得到有趣的內容。她會講的，幾乎都是記者本來就知道、或者自己就可以想得出來的。

例如說白羅這個神探的來歷。克莉絲蒂回答：他應該是個外國人，這樣就能在英國日常生活中看出英國人自己看不出的線索。她自己碰過的外國人，只有第一次大戰剛爆發時到英國避難的比利時人。比利時警察怎麼能跑到英國來？那一定是因為他已經退休了。他有潔癖，所以對於現場會有特殊的直覺，馬上感受到不對勁的地方。一個有潔癖的人，好像應該長得矮小些才相稱，一個矮小有潔癖的人最適當的名字，就是希臘神話裡的大力士「赫丘勒斯（Hercules）」，製造出荒唐的對比趣味。那白羅這個姓是怎麼來的呢？克莉絲蒂很誠實地說：「我不記得了。」

一切都如此順理成章，一切都如此合邏輯，不是嗎？有記者問她怎麼看自己的舞台劇〈捕鼠器〉，創下了英國劇場、甚至全世界劇場連演最多場紀錄的名劇？克莉絲蒂的回答也還是中規中矩，合理合節：那是一齣小戲，在一個小劇院演出，成本很低，任何人想到了都可以帶家人或朋友去看，老少咸宜，並不恐怖，也不特別荒謬打鬧，可是又什麼都有一點，包括恐怖和荒謬打鬧的成分。

她的身上找不出一點傳奇、怪誕色彩，那她為什麼能在五十年間持續寫偵探小說，創造了那麼多謀殺，還創造了那麼多詭計？

首先因為她是女性，以及她的身世，包括她的階級身分，使得她在描寫故事場景時比一般男性作者來得敏感。因為在她之前的偵探推理小說男性作家的階級身分都是高高在上，基本上他們會從較高的角度看社會，比較看不到底層的感受。

而她的婚變以及婚變中遭逢的痛苦，都使她更能體會與觀察，將英國社會的複雜細節融入小說的核心情節，讓探案與線索分析結合在一起。

克莉絲蒂一生結過兩次婚，第一次在一九一四年，婚後不久，丈夫就參加了歐戰，是英國皇家空軍最早一批飛行員。一九二六年，這個丈夫有了外遇，直率地向克莉絲蒂要求離婚，在那之前，克莉絲蒂的媽媽才剛過世，雙重打擊之下，又遇到車子無法發動，克莉絲蒂崩潰了，她棄車而走，忘記了自己究竟是誰，躲進一家鄉間旅館，登記時寫了她心裡唯一有印象的名字——她丈夫情婦的名字。

離婚後，一次在晚宴中，有人提起近東烏爾考古的最新收穫，克莉絲蒂就取消了原定要去西印度群島的計畫，改訂了跨越歐洲到君士坦丁堡的「東方快車」，是的，就是這趟旅程給了她寫《東方快車謀殺案》的靈感。不過更重要的是，在烏爾，她認識了一位年輕的考古學家，比她小十四歲，這個人後來成了她的第二任丈夫。

這位考古學家陪她去參觀在沙漠中的烏克海迪爾城，卻在沙漠中迷路困陷了。幾小時中克莉絲蒂卻沒有一點驚慌不安，當下考古學家就決定要向她求婚。

原來，克莉絲蒂的內心是有這種冒險成分的。要不然她不會兩次選到的，都是喜愛冒險的丈夫，而她本身大概也不會吸引一個在各種危險情境下挖掘古代寶藏的人，讓他願意向一個大他十四歲的女人求婚。

這樣說吧，維多利亞時代後期的英國環境，壓抑限制了克莉絲蒂冒險、追求傳奇的內在衝動，她只好將這樣的衝動寄託在丈夫和寫作上。她一邊陪著第二任丈夫在近東漫走，一邊在小說中寫各式各樣的謀殺與探案。謀殺和探案都是冒險，還有，偵探偵查中做的事——蒐集線索，還原命案過程——其實和考古學家的考掘，如此相似！

克莉絲蒂寫得最好的，正是「藏在日常中的冒險」。她個性中的雙面成分，造就了特殊的偵探魅力。既嚮往非常傳奇，卻又有根深柢固的日常邏輯信念，兩者都在克莉絲蒂的小說中扮演了重要角色。她的謀殺案幾乎都和日常習慣緊密編織在一起，日常環境成了凶手最重要的掩護。有些日常規律明顯地被破壞了，讓我們很自然以為那會是謀殺的線索，沿著這些線索形成了閱讀中的推理猜測，然而白羅早就提醒了，真正重要的反而是那些「細節」，也就是看來像是依隨日常邏輯進行的事，或說藏在日常邏輯中因而不被看重的事，那裡要嘛藏著凶手的核心詭計、煙幕，要嘛藏著凶手致命的破綻。

凶案的構想，就是如何讓異常蓋上日常、正常的面貌，又如何故意將日常、正常予以扭曲，製造假象；那麼偵探要做的，就是如何準確地在日常中分辨出真正的異常，將假的、明顯的異常撥開來，找出細節堆疊起來的異常真相。

此外，克莉絲蒂的小說裡隱藏著極其曖昧的情感價值觀，最典型、最有名的就是《東方快車謀殺案》。透過追查過程，讓讀者知道為什麼凶手要訴諸於這種手段，其動機具有可同情之處，再加上克莉絲蒂對身分階級的觀察，她比較相信或讓讀者相信那些沒有權力、地位的人，隨著偵查節奏去認識可能或必須懷疑的人。克莉絲蒂最擅長營造「多重嫌疑犯」的小說特質，因為讀者在閱讀時必須被迫去認識很多不一樣的人。在她最受歡迎的作品，大概都具備這樣的特質。

當然，她的作品中還有兩個最突出的神探，即白羅和瑪波。白羅是比利時人，但為什麼必須是外國人？這是因為英國人具有高度階級意識，這種觀念一路滲透到所有互動細節，包括人與人之間如何說話。而白羅因為不是英國人，他會發現一般英國人不太看得出來的東西，以及兩個人互動的方法哪裡不正常。至於瑪波為什麼得是老太太？她一如那個年代的老人家，總是靜靜坐著打毛線，因為不起眼，自然讓人放鬆防備，所以瑪波探案的線索都是來自於這樣的互動模式。

然而，白羅有很明顯的優勢，瑪波的身分使她基本上只能進行「靜態」的辦案，案子的空間受到侷限，白羅卻可以跨越各種空間，恣意揮灑。而且白羅擁有警官身分，可以合理出現在各種犯罪現場，瑪波能出現的地方，相形之下就勉強、不自然多了。白羅是明白的outsider，在英國，只要他出現，就會覺得有外人在而感到緊張，於是很容易露出平常不會表現的行為；瑪波則看起來是insider，但實質上是outsider，因為總是沒人發現她、當她空氣人。這兩人的探案，是兩個極端。雖然讀者最愛白羅，但克莉絲蒂自己偏愛瑪波勝於白羅。

不管後來的偵探、推理小說發展了多少巧妙詭計，克莉絲蒂卻不會過時，因為她的推理如此密切地和日常纏繞在一起；活在日常中，我們就無可避免被克莉絲蒂的「日常細節推理」吸引，隨時讀來都充滿驚奇趣味。

名家盛讚克莉絲蒂（依推薦時間排序）

金庸（作家）

克莉絲蒂的寫作功力一流，內容寫實，邏輯性順暢，也很會運用語言的趣味。閱讀她的小說，在謎底沒有揭露之前，我會與作者鬥智，這種過程非常令人享受。其作品的高明之處在於：布局的巧妙完全意想不到，而謎底揭穿時又十分合理，讓人不得不信服。

詹宏志（作家、PChome 網路家庭董事長）

推理小說在從先輩柯南．道爾等人的發明中出現力量時，誕生了一位《天方夜譚》故事中每天說故事說個不停的王妃薛斐拉．柴德，也就是「謀殺天后」克莉絲蒂，整個世界對聽這些故事才有如此的熱情。他們捨不得睡覺，每天問後來還有嗎、還有嗎，永遠不肯離去，這就是克莉絲蒂對推理小說的最大貢獻。

可樂王（藝術家）

所謂「克莉絲蒂式」的推理小說，就是一場和一個天才的寫作者或高明的恐怖份子在紙上捕掠捉殺的戰事。即便是一列火車、一處飯店或一間酒吧，在克莉絲蒂寫來皆充滿神祕和猜謎。在人生適合的下午裡，我總是一面嚼著口香糖，一面跟著矮子偵探白羅穿梭謀殺現場，克莉絲蒂的推理作品無疑是推理世界中最充滿「魔術性」的小說。

吳若權（作家、節目主持人）

我從小就對推理小說情有獨鍾，克莉絲蒂一系列的作品尤其令我愛不釋手。多年來，閱讀推理小說的經驗讓我覺悟：讀者在文字情節中推展開來的驚嘆，不只是因緣於故事的本身，而是自我性格的投射。從這個觀點來看克莉絲蒂一系列的作品，她簡直就是洞徹人性的算命師。而讀者，在她的文字中，發現了自己無可奉告的命運。

藍祖蔚（國家電影及視聽文化中心董事長）

做過藥劑師，難免懂得毒藥；嫁給考古學家，難免也就嫻熟文明的神祕；再加上曾經失蹤九天，一切不復記憶的離奇經驗，的確提供了寫作靈感，但若少了想像力，那些片羽靈光縱使辛辣如辣椒，卻不足以成菜。

推理小說重布局、重人物描寫，克莉絲蒂最厲害的卻是犀利的人性觀察，她一手創造的白羅探長，潔癖個性完全和她相反，更將她所憎厭的人格特質集於一身，殊不知，唯有不對著鏡子寫作，才能夠跳出框架與制式反應，開闢無限寬廣的新世界，建構多面向的詭異迷宮。

看完她的小說，你只會更加訝異，到底是什麼樣的心靈才能成就這般視野？

李家同（作家、前暨南大學校長）

克莉絲蒂的整體布局十分細膩，最後案情也都講解得非常詳細，回頭去看，在書中都找得到線索。故事的情節與內容也很好看，不是像一個流氓在街上被殺掉那麼單調。……看小說應該要花腦筋、要思考，從小就要養成思辨的能力，看她的小說，就是對邏輯思考能力極佳的訓練。

袁瓊瓊（作家）

雖然被公認是冷靜理性的謀殺天后，但是在理性之下，克莉絲蒂的底色依舊是感情。克莉絲蒂很明白，所有的慾望之後，都無非是某種愛情。在以性命相搏的犯罪世界裡，凶手以終結他人的性命來遂私欲，不過是為了成全自己的愛，或者是成全自己的恨。

鄧惠文（精神科醫師）

以推理小說作家而言，克莉絲蒂的風格相當獨樹一格。她的偵探在辦案時，靠的不光是科學證據的搜集，而是大量運用犯罪心理學，及對人性的深刻了解。例如在《五隻小豬之歌》中，白羅便是藉由聽取嫌疑犯訴說案情時所不自覺顯露的主觀意識及中心思想，而看出其中破綻，找出真凶。白羅是靠腦袋辦案，以心理層面去剖析案情，即使人們敘述的是同一件事，他可以聽出不同角色因出發點及看待角度不同所透露的情緒觀感，從而抽絲剝繭，還原事實真相。

克莉絲蒂所塑造的人物也生動且各具特色，不同個性所出現的情緒反應描寫，皆細膩而準確，讓讀者產生豐富的想像空間，一展卷便欲罷而不能。

吳曉樂（作家）

克莉絲蒂使用的語言平易近人，主要是以角色與情節的對應來斧鑿出故事的深度，堆疊出讓讀者回味的迂迴空間。而她筆下的角色往往性別、階級、性格、族群各異，塑造出多元又豐富的人物群像。

文學作品不問類型，若要流傳於世，最終仍得上溯至「人性」的理解與反思。而阿嘉莎．克莉絲蒂的作品中，我們可以看到人類屢屢得和自己的人生討價還價，或千方百計讓主觀意識與客觀條件達成某種程度的整合，讀者在重建人物的心理軌跡時，也見識到自身的是非成敗，我認為，這也是克莉絲蒂的作品能夠璀璨經年、暢銷不衰的主因。

許皓宜（心理學作家）

克莉絲蒂筆下的故事看似在談人性的醜惡，實則像一位披著小說家靈魂的心靈引導者，用她的文字訴說著人們得不到「愛」時的痛苦。於是在故事終了的剎那，你不得不對人生多了幾分「看透感」：原來，我們心裡的那些痛苦、報復與自我折磨的慾望，不是因為「憤恨」，而是起於對「愛的失落」。這或許是我們在情感世界中最珍貴且深刻的一種覺察了。

推理小說荒謬驚悚嗎？不，它其實很寫實。它幫我們說出心裡的苦、怨、醜陋的慾望，於是，我們可以重新學習愛了。

一頁華爾滋 Kristin（影評人）

從有記憶以來，閱讀克莉絲蒂最迷人之處往往不在真正的凶手是誰，而是在於「Why」（為什麼）與「How」（如何進行），在於人性與心理描摹的故事肌理。依循其書寫脈絡，會發覺不只是邏輯清晰、布局縝密、著重細節，她總能完美掌握敘事節奏，書中人物彷彿真實存在般鮮明躍然紙上，讀者情緒會隨精準文字保持流轉、跳動、收放，掩卷時並無太多真相水落石出的暢快，反倒淡淡的惆悵化為餘韻襲上心頭，原來還是種種意料之外，卻屬情理之中的人性盲目使然。私以為，那成就了克莉絲蒂的推理故事之所以無比迷人的主因之一。

冬陽（推理評論人）

雖然阿嘉莎．克莉絲蒂的作品並非我的推理閱讀啟蒙，卻是養成閱讀不輟的重要推手。首先，她無庸置疑是個說故事能手，打開我名為好奇的開關；其次是設計犯罪事件的巧妙多元，既日常又異常，凶手更是叫人意想不到。沒錯，我相信每個當讀者的都忍不住想破案，想早偵探一步識破詭計，或者像考試結束鈴響前一秒，瞎猜都要指著某個角色大喊「你就是犯人」！然後會忍不住作弊——不是翻到最後幾頁窺探真凶身分，而是往前翻查讓人起疑的段落、偵探顯然掌握重要線索的時刻，直到忍不住豎白旗投降，看神探（我知道啦，真正把我耍得團團轉的聰明人是作者）頭頭是道地分析我遺漏錯置的片片拼圖，終於看清真相全貌。這，就是偵探推理，我因此熟悉遊戲規則、沉醉在每一場迷人故事裡，成為這個類型書寫的俘虜，享受至今不疲的美好滋味。

石芳瑜（作家、永樂座書店主）

布局細膩、處處留下線索，破案解說詳細，說明了這位安靜、害羞的推理小說女王心思縝密，且充滿想像力。密室殺人，完美犯罪，《東方快車謀殺案》不愧為古典推理小說的經典。再加上神祕的東方色彩，隨著火車抵達的迫切時間感，連非推理小說迷都會神經拉緊，讀完大呼過癮。

家庭主婦缺少人生經驗？處女座的阿嘉莎·克莉絲蒂充分展現她過人的寫作天分，靠得是從小開始的閱讀，以及對偵探小說的著迷。三十歲寫下第一本偵探小說《史岱爾莊謀殺案》的克莉絲蒂，在那個時代並不能說是「早慧」，但寫作生涯五十五年中，共創作了八十部偵探小說，卻令人難以企及。這位害羞靦腆的小說女神，大概是相信只要有足夠的理由，每個人都有殺人的可能！

余小芳（暨南大學推理研究社指導老師、台灣推理作家協會常務理事）

學生時代加入推理社團，社課指定讀物便是經典作品《一個都不留》，成為我對克莉絲蒂的初步印象，自此沉浸於推理小說的世界。隔年寒假陪同學參與轉學考，在斜風細雨的走廊中，滿足讀完《東方快車謀殺案》。隨著歲月遠走，已昇華成趣味回憶。

踏入推理文學領域需要認識的作家，阿嘉莎·克莉絲蒂絕對名列其中，她的作品常有英國小鎮風光、莊園式的謀殺、設備豪華的交通工具等，還有特色鮮明的偵探活躍其中。書中少有血腥、暴力的橋段，布局巧妙且結構嚴密，手法純粹、知性，故事內容與人物性格融為一體，以高超的想像力結合說好故事的能耐，為推理小說開創新局面。克莉絲蒂推理全集重編改版，值得新舊讀者一起探索。

林怡辰（國小教師、教育部閱讀推手）

多年後，還是難忘第一次閱讀阿嘉莎．克莉絲蒂作品的感動和激動。

這套將近一世紀的作品，文筆流暢，邏輯縝密，過程中不斷與作者較量、猜出凶手，直到最後解答不禁佩服，蛛絲馬跡處處展現作者的精妙手法，於是又拿起另一部作品，再次沉溺在謀殺天后所編織的日常世界中的奇幻，無可自拔。犯罪動機和手法穿越時空限制，如今讀來合理且依舊令人感動，閱讀中趣味橫生，難怪成為後來諸多偵探小說的原型。

克莉絲蒂創作生涯中產出的八十部推理作品，至今多部躍上大銀幕，無怪乎被稱之為「經典」，喜愛推理偵探作品的人不可不讀，你會驚異於她在文字中施展的魔法！

張東君（推理評論家、科普作家）

我愛克莉絲蒂！這位在台灣有時會被稱為克奶奶的超級暢銷推理小說家，即使是自認沒讀過她的書的人，也都會在各種書籍或影視作品中看到對她致敬的片段。由於她喜歡旅行和冒險，那些經驗與體驗都成為書中的場景，因此閱讀她的作品時，不只是雀躍地跟著偵探推理，也有了虛擬的旅行體驗。或者當成旅遊導覽書，在出發去尼羅河、去英國鄉間、去搭船搭火車時，就塞一本克奶奶的作品到隨身背包中。

我還是大學新生時，就聽學姐說她哥哥經常看克奶奶的小說，而且邊看邊狂笑。於是我跟著效仿，在某次搭飛機之前買了第一本小說當旅伴，不只看得超開心，看完後還到處找尋書中出現的那種有兜帽的斗篷，當成出門時的必備用品。克奶奶的作品是跨越文字、國界的。只要看過一本，就會不停地追下去。還好，真的是還好只有八十本。何況這次是全新校訂的紀念珍藏版，當然不能錯過！

發光小魚（呂湘瑜）（文史作家、助理教授）

一部好的偵探小說，除了情節設計巧妙之外，還需要洞悉人性，如此方能合理地交代人物的言行舉止與動機。阿嘉莎．克莉絲蒂便是其中翹楚，她的作品不管是偵探、愛情小說或戲劇，必要元素都是謎題與人性。在寧靜無波的場景下暗潮洶湧，永遠都有意料之外，讀者的情緒也會隨著劇情的進行起伏糾結。克莉絲蒂觀察到時代的變化，將犯罪心理融入作品中，於是，看她的小說不只能得到解謎的快樂，同時對人性也能夠有所省思。

此外，克莉絲蒂豐富的人生歷練及旅行經歷，例如一九二二年的環球之旅、居住過也旅行過的巴黎和埃及，甚至是追隨考古學家丈夫前往的中東，都讓她的小說讀來更加充滿異國情調。如果你也愛旅行，不如就讓我們一同搭上那一班南法的藍色列車，或由伊斯坦堡出發的東方快車，跟著白羅鑽進一樁奇案，一嘗旅程中破解謎題的快感吧。

盧郁佳（作家）

國小時，家裡買了一套阿嘉莎．克莉絲蒂全集，從此成了我的毒品，在白癡課本將我的腦袋啃噬成海綿般空洞時，撫慰受創的心靈，那時我仍對人心險惡一無所知。

數學課教你列算式，樂趣遠不如克莉絲蒂教你住宅平面圖、偷換時序的密室魔術，你從庭園長窗進房間，我從房門直通鄰房，他從走廊進房……從而學會故事是建構邏輯。她文風多變，時而《四大天王》中讓神探白羅向助手海斯汀大賣關子，眉頭緊皺，山雨欲來，預示天翻地覆，只能靠他拯救世界；時而用維吉尼亞．吳爾芙《自己的房間》中俏皮的語言，讓貧苦村姑安妮在《褐衣男子》中回憶南非出生入死的冒險，竟源於她耽讀村裡圖書館爛舊的冒險愛情小說，還有戲院每週末放映〈帕米拉歷險記〉，帕米拉每集從飛機跳落高空、搭潛艇、爬上摩天大樓，每次被黑幫老大抓到總不一刀斃命，卻老要用瓦斯毒死她，暗示續集又會逃出生天。

長大才發現，克莉絲蒂小說就是我的〈帕米拉歷險記〉：它以歌劇般輝煌龐大的天真陰謀、精細的人際觀察（一句話重音放在哪個字、從膝蓋鑑定女人的年齡等），召喚年輕讀者抱持浪漫精神投入未知的壯遊，瘋魔、衝撞、冒犯，傷痕累累毫無懼色。正如瓦斯在冒險片中太多、現實中卻太少；陰謀在現實中沒有克莉絲蒂寫得那麼複雜，但她刻畫的心理卻是現實中解謎的試金石。

賴以威（臺灣師範大學電機系副教授）

或許可以為經典下幾個定義：該領域的愛好者更都讀過；不是這個領域的愛好者，許多人也都聽過；影響後續的作品，在很多著作中都可以看到它的影子；值得反覆再三閱讀，每隔一陣子再讀都可以獲得閱讀的樂趣，有更多的體悟。我永遠記得第一次讀克莉絲蒂的作品時，被那宛如嚴謹設計數學謎題的鋪陳、推進給深深吸引、震撼。從這幾個角度來說，克莉絲蒂的推理小說被稱之為「經典」，可說是當之無愧。

謝哲青（作家、旅行家、知名節目主持人）

克莉絲蒂小說的魅力在於透過每個角色的對白，藉由不斷的說話來表現人物的個性，以彰顯其人格特質中一些無法被忽略的事實。我們從他們的言語、講話的過程和字裡行間，竟然就能知道誰是凶手。

我從克莉絲蒂的小說學到很多，除了推理小說有趣的事實之外，最重要的是，我在工作的職場跟人應對的時候，如何從語言和對話裡去捕捉某些隱而不顯的事實。許多人們欲蓋彌彰的東西，無論心事也好、祕密也好，克莉絲蒂都會用文學的手法，讓你理解語言的奧妙和魅力。

克莉絲蒂的書寫會讓你覺得彷彿自己也在現場，你可以從聽到的對話當中，學會如何理解人心的一些小技巧，這是小說家最出色、最偉大的地方。我們必須學習傾聽別人說話——這些人講話是真誠的嗎？他想要跟你分享什麼資訊？這些資訊可靠嗎？——這是我在閱讀推理小說時，最大的收穫和理解。

阿嘉莎・克莉絲蒂大事記

1890		• 九月十五日出生於英格蘭德文郡托基鎮。
1894	4 歲	• 開始在家自學，父母親、姊姊教導閱讀、寫作、算術和彈鋼琴。
1895	5 歲	• 家中經濟走下坡，舉家搬至法國，學會流利的法語。
1905	15 歲	• 在巴黎寄宿學校學鋼琴和聲樂，但生性極度害羞，未成為職業鋼琴家，最終回到英國。
1907	17 歲	• 陪同母親前往埃及調養身體，對社交活動充滿興趣，但尚未對日後感興趣的埃及古物點燃熱情。 • 回英國後繼續寫作、參與業餘戲劇表演。
1908	18 歲	• 寫出第一篇短篇小說〈麗人之屋〉，同時也寫出第一部愛情小說《白雪黃漠》，以筆名向出版社投稿，但屢遭退稿。
1912	22 歲	• 與英國皇家軍官亞契・克莉絲蒂（Archibald Christie）熱戀。 • 八月爆發第一次世界大戰，亞契奉派到法國作戰。
1914	24 歲	• 耶誕夜結婚，亞契隨即返回戰場。克莉絲蒂參與紅十字會工作，在醫院擔任護士和藥劑師，因此對藥理和毒物非常熟悉，造就後來多部推理小說情節都以毒藥殺人。
1916	26 歲	• 開始嘗試寫推理小說，寫出第一部小說《史岱爾莊謀殺案》，主角偵探赫丘勒・白羅的靈感，來自於大戰期間英國鄉間的比利時難民營。本書歷經數家出版社退稿後，終獲柏德雷・海德（The Bodley Head）圖書公司的出版機會，之後並簽下另五本小說的合約。
1919	29 歲	• 前一年亞契返回英國，八月生下女兒露莎琳。

1920 30歲 • 出版《史岱爾莊謀殺案》。

1922 32歲 • 出版第二部小說《隱身魔鬼》,主角是夫妻檔偵探湯米和陶品絲。
• 與亞契至南非、澳洲、紐西蘭、夏威夷和加拿大等國旅行十個月,在南非得到《褐衣男子》的靈感。

1923 33歲 • 三月出版第三部小說《高爾夫球場命案》,白羅再度登場。

1926 36歲 • 四月母親過世,克莉絲蒂陷入憂鬱。
• 六月在「威廉·柯林斯父子出版社」出版《羅傑艾克洛命案》。
• 八月亞契因外遇提出離婚,十二月初一次爭吵後,克莉絲蒂離家棄車失蹤,消息登上全國新聞。

1927 37歲 • 一月在悲痛心情中寫出《藍色列車之謎》,第一次創造出聖·瑪莉米德村,即後來瑪波小姐居住的村子。
• 分居期間在雜誌刊登以白羅為主角的短篇小說,後來集結出版《四大天王》。
• 十二月在雜誌刊登短篇小說〈週二夜間俱樂部〉,瑪波小姐初登場,後來收錄在一九三二年出版的短篇小說集《十三個難題》。

1928 38歲 • 十月正式離婚,仍保留「克莉絲蒂」姓氏。
• 秋天搭乘「東方快車」前往土耳其的伊斯坦堡,再轉往伊拉克首都巴格達,參觀考古現場烏爾,認識考古學家伍利夫婦(Leonard and Katharine Woolley)。

1930 40歲 • 二月應伍利夫婦之邀再訪烏爾,認識考古學家麥克斯·馬龍(Max Mallowan),九月於英國愛丁堡結婚。這段婚姻開啟克莉絲蒂旺盛的創作生涯,兩人到中東考古現場的旅行為許多作品帶來靈感。

- 婚後克莉絲蒂開始維持固定的寫作行程。十月出版《牧師公館謀殺案》，是第一部以瑪波小姐為主角的小說。
- 出版第一部以「瑪麗．魏斯麥珂特」（Mary Westmacott）為筆名的《撒旦的情歌》，並陸續發表了五部非犯罪小說。

1932　42歲　• 出版《危機四伏》。

1934　44歲　• 出版《東方快車謀殺案》，是白羅海外辦案三部曲之一，故事靈感來自中東的旅行經歷。一九七四年第一次改編成電影大獲好評。

1936　46歲　• 出版《美索不達米亞驚魂》，白羅海外辦案三部曲之二。

1937　47歲　• 出版《尼羅河謀殺案》，白羅海外辦案三部曲之三，故事背景是年輕時與母親同遊的埃及。一九七八年第一次改編成電影大受歡迎。

1939　49歲　• 二次大戰期間，克莉絲蒂在大學學院醫院擔任義務藥師，學習到最新的毒藥知識，對於推理小說寫作大有助益。
- 出版《一個都不留》，是克莉絲蒂最著名作品之一。

1941　51歲　• 出版《密碼》，呈現出克莉絲蒂對戰爭的看法。
- 出版《豔陽下的謀殺案》。

1942　52歲　• 出版《藏書室的陌生人》、《五隻小豬之歌》等名作。

1944　54歲　• 以「瑪麗．魏斯麥珂特」為筆名出版第三部作品《幸福假面》，被美國書評人發現是克莉絲蒂的作品，讓她從此失去匿名創作的自在樂趣。

1950	60 歲	• 獲選為皇家文學學會的會員。
1953	63 歲	• 出版《葬禮變奏曲》。
1956	66 歲	• 一月獲頒大英帝國爵級大十字勳章（GBE）。 • 十一月以「瑪麗．魏斯麥珂特」為筆名出版《愛的重量》，是這個筆名的最後一部作品。
1958	68 歲	• 成為「偵探作家俱樂部」主席。
1960	70 歲	• 馬龍獲頒大英帝國爵級大十字勳章。
1961	71 歲	• 獲得艾克塞特大學頒發榮譽文學博士學位。
1968	78 歲	• 馬龍獲封為爵士，克莉絲蒂亦被稱為馬龍爵士夫人。
1971	81 歲	• 獲頒大英帝國爵級司令勳章（DBE），獲封為女爵士。
1973	83 歲	• 出版最後一部創作《死亡暗道》，亦為湯米和陶品絲最後一次辦案。
1974	84 歲	• 最後一次公開露面，出席電影《東方快車謀殺案》首映會。
1975	85 歲	• 八月六日，白羅成為有史以來第一次在《紐約時報》頭版刊出訃聞的小說主角，宣傳九月即將出版的《謝幕》，這也是白羅最後一次辦案。
1976	86 歲	• 一月十二日去世。 • 十月出版《死亡不長眠》，瑪波小姐的最後一次辦案。

克莉絲蒂推理原著出版年表

1920 史岱爾莊謀殺案 The Mysterious Affair at Styles（神探白羅系列）
1922 隱身魔鬼 The Secret Adversary（神探湯米＆陶品絲系列）
1923 高爾夫球場命案 The Murder on the Links（神探白羅系列）
1924 白羅出擊 Poirot Investigates（神探白羅系列）
1924 褐衣男子 The Man in the Brown Suit（神探雷斯上校系列）
1925 煙囪的祕密 The Secret of Chimneys（神探巴鬥主任系列）
1926 羅傑艾克洛命案 The Murder of Roger Ackroyd（神探白羅系列）
1927 四大天王 The Big Four（神探白羅系列）
1928 藍色列車之謎 The Mystery of the Blue Train（神探白羅系列）
1929 七鐘面 The Seven Dials Mystery（神探巴鬥主任系列）
1929 鴛鴦神探 Partners in Crime（神探湯米＆陶品絲系列）
1930 牧師公館謀殺案 The Murder at the Vicarage（神探瑪波系列）
1930 謎樣的鬼豔先生 The Mysterious Mr. Quin（神探鬼豔先生系列）
1931 西塔佛祕案 The Sittaford Mystery
1932 十三個難題 The Thirteen Problems（神探瑪波系列）
1932 危機四伏 Peril at End House（神探白羅系列）
1933 十三人的晚宴 Thirteen at Dinner（神探白羅系列）
1933 死亡之犬 The Hound of Death
1934 三幕悲劇 Three Act Tragedy（神探白羅系列）
1934 李斯特岱奇案 The Listerdale Mystery
1934 帕克潘調查簿 Parker Pyne Investigates（神探帕克潘系列）
1934 東方快車謀殺案 Murder on the Orient Express（神探白羅系列）
1934 為什麼不找伊文斯？ Why Didn't They Ask Evans?
1935 謀殺在雲端 Death in the Clouds（神探白羅系列）
1936 ABC 謀殺案 The A.B.C. Murders（神探白羅系列）
1936 底牌 Cards on the Table（神探白羅系列）
1936 美索不達米亞驚魂 Murder in Mesopotamia（神探白羅系列）

1937　巴石立花園街謀殺案 Murder in the Mews（神探白羅系列）
1937　尼羅河謀殺案 Death on the Nile（神探白羅系列）
1937　死無對證 Dumb Witness（神探白羅系列）
1938　白羅的聖誕假期 Hercule Poirot's Christmas（神探白羅系列）
1938　死亡約會 Appointment with Death（神探白羅系列）
1939　一個都不留 And Then There Were None
1939　殺人不難 Murder Is Easy/Easy to Kill（神探巴鬥主任系列）
1940　一，二，縫好鞋釦 One, Two, Buckle My Shoe（神探白羅系列）
1940　絲柏的哀歌 Sad Cypress（神探白羅系列）
1941　密碼 N Or M?（神探湯米＆陶品絲系列）
1941　豔陽下的謀殺案 Evil Under the Sun（神探白羅系列）
1942　五隻小豬之歌 Five Little Pigs（神探白羅系列）
1942　藏書室的陌生人 The Body in the Library（神探瑪波系列）
1943　幕後黑手 The Moving Finger（神探瑪波系列）
1944　本末倒置 Towards Zero（神探巴鬥主任系列）
1945　死亡終有時 Death Comes As the End
1945　魂縈舊恨 Remembered Death（神探雷斯上校系列）
1946　池邊的幻影 The Hollow（神探白羅系列）
1947　赫丘勒的十二道任務 The Labours of Hercules（神探白羅系列）
1948　順水推舟 Taken at the Flood（神探白羅系列）
1949　畸屋 Crooked House
1950　謀殺啟事 A Murder Is Announced（神探瑪波系列）
1951　巴格達風雲 They Came to Baghdad
1952　殺手魔術 They Do It with Mirrors（神探瑪波系列）
1952　麥金堤太太之死 Mrs. McGinty's Dead（神探白羅系列）
1953　黑麥滿口袋 A Pocket Full of Rye（神探瑪波系列）
1953　葬禮變奏曲 After the Funeral（神探白羅系列）

1954　未知的旅途 Destination Unknown
1955　國際學舍謀殺案 Hickory, Dickory, Dock（神探白羅系列）
1956　弄假成真 Dead Man's Folly（神探白羅系列）
1957　殺人一瞬間 4:50 from Paddington（神探瑪波系列）
1958　無辜者的試煉 Ordeal by Innocence
1959　鴿群裡的貓 Cat Among the Pigeons（神探白羅系列）
1960　哪個聖誕布丁？ The Adventure of the Christmas Pudding（神探白羅系列）
1961　白馬酒館 The Pale Horse
1962　破鏡謀殺案 The Mirror Crack'd from Side to Side（神探瑪波系列）
1963　怪鐘 The Clocks（神探白羅系列）
1964　加勒比海疑雲 A Caribbean Mystery（神探瑪波系列）
1965　柏翠門旅館 At Bertram's Hotel（神探瑪波系列）
1966　第三個單身女郎 Third Girl（神探白羅系列）
1967　無盡的夜 Endless Night
1968　顫刺的預兆 By the Pricking of My Thumbs（神探湯米＆陶品絲系列）
1969　萬聖節派對 Hallowe'en Party（神探白羅系列）
1970　法蘭克福機場怪客 Passengers to Frankfurt
1971　復仇女神 Nemesis（神探瑪波系列）
1972　問大象去吧！ Elephants Can Remember（神探白羅系列）
1973　死亡暗道 Postern of Fate（神探湯米＆陶品絲系列）
1974　白羅的初期探案 Poirot's Early Cases（神探白羅系列）
1975　謝幕 Curtain: Hercule Poirot's Last Case（神探白羅系列）
1976　死亡不長眠 Sleeping Murder（神探瑪波系列）
1979　瑪波小姐的完結篇 Miss Marple's Final Cases（神探瑪波系列）
1991　情牽波倫沙 Problem at Pollensa Bay
1997　殘光夜影 While the Light Lasts

國家圖書館出版品預行編目（CIP）資料

危機四伏 / 阿嘉莎・克莉絲蒂（Agatha Christie）著 ; 簡慶閭譯. -- 二版. -- 臺北市 : 遠流出版事業股份有限公司, 2022.06
面； 公分.
譯自 : Peril at End House
ISBN 978-957-32-9541-9(平裝)

873.57 111005121

克莉絲蒂繁體中文版 20 週年紀念珍藏 09

危機四伏

作者 / 阿嘉莎・克莉絲蒂
譯者 / 簡慶閭

主編 / 陳懿文、余式恕　校對 / 呂佳真
封面、內頁設計 / 謝佳穎　排版 / 連紫吟、曹任華
行銷企劃 / 舒意雯　出版一部總編輯暨總監 / 王明雪

發行人 / 王榮文
出版發行 / 遠流出版事業股份有限公司
地址 / 104005臺北市中山北路一段11號13樓
電話 / (02)2571-0297　傳眞 / (02)2571-0197　郵撥 / 0189456-1
著作權顧問 / 蕭雄淋律師

2002年5月1日 初版一刷
2022年6月1日 二版一刷
定價 / 新臺幣380元 (缺頁或破損的書，請寄回更換)

ISBN 978-957-32-9541-9

遠流博識網 http://www.ylib.com E-mail: ylib@ylib.com
遠流粉絲團 https://www.facebook.com/ylibfans

www.agathachristie.com